AF448928

www.ingramcontent.com/pod-product-compliance
Lightning Source LLC
Chambersburg PA
CBHW051900130726
47987CB00002B/912

وتأبى الذكريات السكون

"مجموعة قصصية"

رقم الإيداع: ٢٠٢٤/٢٦١٢

الترقيم الدولي: 9789778729252

الناشر: دار المصرية السودانية الإماراتية للنشر والتوزيع

إدارة: الكاتبة مها المقداد

رقم الهاتف: 01033966291

الجيميل: mahaelmuqdad@gmail.com

إعداد الغلاف: سلمى رضا

"أخي! أخي! صديقي!... مُذَلٌ هو الإنسان حتى اليوم!، رهيب هو مصير الإنسان! شديدة هي آلام الإنسان! لا تحسبن لأن لي رتبة ضابط أنني امرؤ فظ غليظ القلب لا يعنيه إلا أن يشرب الكونياك وأن يتلذذ بالنساء! إنني في الواقع لا أفكر إلا في مصير البشر الذي يدعو إلى الشفقة والعطف والرثاء، ذلك هو اهتمامي الوحيد تقريبًا وما أنا بكاذب عليك البتة، ألا فلتشهد السماء أني لا أكذب ولا أتباهي في هذه اللحظة، إن المصير الفاجع الذي كتب على البشر يعذبني تعذيبًا شديدا لأنني أنا نفسي واحد من هؤلاء الأشقياء البؤساء"

(فيودور دوستويفسكي، الأخوة كارامازوف)

أصداء الضياع

في زمانٍ ما، وقف القائد خلف نافذته يتأمل الطقس الغائم المعتاد لليالي الشتاء الكئيبة.. تهطل الأمطار كالخيوط الشاحبة في صدر الظلام.. فتنفجر البرودة معممة على الجو سيادتها. يدقق النظر في الأشجار المصطفة حول المبنى.. تتوسطها بساتين من أزهار مختلفة الأنواع، ويحف المبنى سورًا حديديًا شاهق الارتفاع بنهايات مدببة..

"مركز قيادات الدولة العظمى".. كان فيما مضى – قبل الحرب – مبنى للخدمات الحكومية.. ولكن منذ أن وقعت الواقعة وانتهت الحرب حتى غيروه.. فما عادت هناك حكومة، وما عاد هناك شعب..

أخرج القائد سيجارًا فاخرًا فأشعله.. رفع زجاج النافذة فصفعه الهواء البارد وأحس برعدة خفيفة تسري عبر سلسلة ظهره، تردد في أذنه صوتٌ غريبٌ، يبدو لوهلة قصيًا ثم يدركه قريبًا.. تذكر الصوت الذي ارتعدت منه البلاد يومًا، الصوت الذي انتهت على إثره الحرب، وبدأ على دويه الخراب.. هذا الصوت ليس عنه بغريب...! وكأنه دبيب الحياة الهاربة من عنفوان المطر، مصحوبة بحفيف أثواب واقعها، المُلطَخ بدماء الأحلام.

شعر بجسده خفيفًا وبروحه تروم إلى شيءٍ ما، وكأنه يريد أن يرقص...! فأخذ يتمايل بجسده وكأن في مسمعه تدوي موسيقى سماوية من لحنٍ خفي.

استمر دقيقتين، ثم توقف واستقام بجسده مُعدِّلًا من وضع سترته، داعب الأوسمة المُعلقة على صدره فاهتزت أساريره ضاحكة في فخر.. سمع صوت أقدام من خلفه فالتفت ليجد الجنرال واقفًا أمام الباب ينتظر الإذن بالدخول. أَذِن له فدخل وأدى التحية في صرامة.

تساءل القائد وهو ينظر إلى الجنرال بعينيه البنيتين القاسيتين:

– خير أيها الجنرال، هل أتممت ما وُكلت به؟

- بالطبع سيدي، لقد جئتك بأخبار هامة حضرة القائد.

- تكلم.

- لقد اندسست بينهم كما أمرتني.. وقد عرفت الكثير من الأمور التي ربما قد تسعدك.

- عظيم.. قص عليّ ما عرفت.. ثم أريد تقريرًا مُفصلًا على مكتبي بعد ان تنتهي، فأنا أشعر شعور مَن استيقظ بغتة مِن بعد غيبوبة استمرت لعقود.

- لقد وصلت الأمور إلى الحضيض سيدي القائد.. أصبح البحث عن الطعام كالبحث عن السماء السابعة، لم يعُد هنالك عمل.. لا عمل لا مال لا طعام.

أشعل القائد سيجارًا آخر ثم أشار للجنرال بأن يكمل:

- العمل الوحيد المتوفر الآن هو جمع الفضلات والقمامة، لقد دُمرت مياه الصرف منذ أن وقعت الواقعة.. فالقنبلة كما تعرف قد أتت على كل الهيئات والمنظمات ووزارات الدولة.. فما عاد شيىًٔ على حاله إلا قليلًا، هذا غير ما استحدثوه..

كما كنت أقول فإن هذا هو العمل الوحيد المتاح، ولا سبيل للحصول عليه دون التسجيل والتقدم للوظيفة في المصنع.. من يتم قبوله يحصل على عربة صغيرة يدور بها في الشوارع لجمع القاذورات واستبدالها من المشرفين بقوت اليوم.. والقوت لم يعد مالًا فما أصبحت له قيمة، بل بعض الأغذية المُعلبة والخبز..

ومن يعمل دون التسجيل في المصنع والحصول على بطاقة العمل يتم ذبحه فوراً. هنالك بعض المحتالين الذين يقتلون العمال ويستحوذون على بطاقاتهم الخاصة. ولكن أولئك يتم كشفهم سريعاً فيُقتلون بأبشع الطرق؛ كي يكونوا عبرة لمن يشاوره عقله على إتيان مثل ذلك الفعل.

تساءل القائد باهتمام:

- وكيف يقتلونهم؟

- يتم سلخهم وتعليقهم في الشوارع كي يتعظ الباقون.. ولكنهم لا يبقون على حالهم كثيراً، فبمجرد أن يُقام عليهم الحد؛ حتى تُسرق جثثهم ويتقاتل على التهامها الباقون. إنها أثمن وجبة يمكنهم الحصول عليها في حياتهم. هنالك أيضاً ما إن يموتوا في بيوتهم حتى يُصلي عليهم أهلهم ثم يشرعون في التهامهم. وهكذا تجري الأمور في الأنحاء كلها.. ومن الغريب سيدي أنهم ما زالوا متمسكين بالدين.. هنالك فئة منهم تعتقد أنها علامات القيامة، وفئة أخرى تعتقد أن هذا عقاب من الله على ما اقترفوه.. هذا غير أولئك الذين فقدوا الإيمان.. حاورت أحدهم مرة فقال لي: 'فقدتُ إيماني بالإصلاح وفقدتُ معه الله.. أتدري إذا اتضح أني على خطأ، وإذا كان الله موجودًا فعلًا، فالأولى بنا أن نثور عليه لا أن نعبده.'

جلس القائد على كرسيه خلف المكتب رافعًا قدميه على سطحه، ثم صمت لحظات وهو يحك جبينه، قبل أن يسأل:

- وهل لدى الجميع بيوت يسكنونها؟

- بالطبع لا سيدي القائد.. إذا استثنينا البيوت التي حُرِقت وهُدِمت ومات أهلها. فهنالك بيوت يتم التناوب على السكن فيها. وهي حطامٌ بعض الشيء، ولكنها مأوى على أي حال، فأما من يمتنع عن التناوب فأولئك يُقتلون وهم نيام.

سَهِم الجنرال لثانية ثم أردف:

- لقد حضرني موقف شبيه عندما امتنعت عائلة عن الخروج من بيتها بحجة أنهم سكانه الأصليون من قبل الحرب.. كانوا خمسة: أب وأم وابن وابنتين. لقد صعد إليهم في الليل

لصوص فاغتصبوا النساء أمام رجالهم ثم أداروا فيهم الذبح وأكلوهم. وهنالك جرائم كثيرة مثل هذه وأبشع تعج الشوارع بها والبيوت.. إن استباحة النساء واغتصابهن قد صار أمرًا عادياً في كل ركنٍ وزاوية.. وكذلك القتل. هنالك أناس رفضوا فكرة التهام لحم البشر، فالتهموا قاذوراتهم حتى ماتوا متسممين.

ضحك القائد ضحكة صاخبة وصاح:

– من الجيد سماع هذا. إن فناءهم هو ما نسعى إليه. وأعتقد أننا في ذلك ناجحون حتى الآن.

– هذا ما أراه سيدي القائد.

– أكمل يا جنرال.

– إنهم لفي بؤرة سيدي القائد.. بل هم البؤرة في حد ذاتها.. يمثلون المأساة الخام للوجود البشري. لقد أصبح العدم وجودهم يعيشون فيه ويمتثلون له في ذل ومهانة. عندما تنظر إلى وجه أحدهم ترى.. ترى الموت سيدي! أمواتٌ يحيون في الموت!! يهطل عليهم البؤس والشقاء مدراراً فيبتسمون ويُقْبِلون عليهما في ودٍ وترحيب. إن الضياع ليؤجج التيه ويعمي الإدراك ويُغرق النفس فيما ارتأت عن تغاضيه. إنهم لضائعون سيدي.. بل هم الضياع في حد ذاته.

– وما تظنه لهم من مصير يا جنرال؟

غمغم الجنرال ساخرًا:

– مصير!؟ أولئك لا مصير لهم سيدي.. المصير نتيجة تترتب على ما تحدثه في حياتك، هو ثمرة لما زُرع وبَذَر.. أما أولئك فليس لهم من حياة مقدار ما للحياة من موت. وأفضل خدمة

يسدونها لأنفسهم هي أن يرحلوا عن مسار الدنيا.. يستمرون في عذابهم حتى يفنوا.. بل وهذا أكثر مما يستحقون سيدي.

نهض القائد عن كرسيه موليًا ظهره للجنرال.. خلع قبعته عن رأسه وشرع ينظر عبر النافذة في وجوم ثم قال:

– حسنًا فعلت يا جنرال، فلتتصرف الآن وسوف أنتظر تقريرك.

أدى الجنرال التحية وخرج مسرعًا وهو يحك كعبي حذائه بالأرض. بينما القائد يجول ببصره في الأفق المظلم ويتأمل حلكة السماء. غير منتبه لذلك الضوء الذي مرق من الظلام فجأة فغشى عينيه.

القيامة بعد قليل

ينكسر الوهج على حواف الظلام فتنعكس الومضات بسرعة، كطعنات تمزق جسد الدُّجى.

أضغاث أحلام. أم أضغاث وقائع؟!

أحبك.. ترن في أذنه كأنما تُقال الآن. مرت سنين مذ سمع هذه الكلمة آخر مرة.. أحبك.. أكانت ادعاء أم حلمٌ جميل؟

اليوم صارت الكلمة هباء.. وصارت المعاني ألغاز..

أيكذب عينه أم يكذب قلبه؟ أيُعاب الزمان؟ أتُنسى الذكريات؟ أم تراها تُستنكر؟ لعلها تُستنكر. أذكر ماضيك ما شئت فما فات قد فات والطريق واحد بلا رجعة.

أتذكر عينيها؟ تلك المكحولتين المزججتين بالجوى. وذاك الفم ... أرض المعارك والسلام.

أتراك تنسى...؟ لعلك تنسى...!

في الأيام الموعودة وبعد سنين الكد والشقاء عاد من الغربة تفحمه الوحشة والذكريات. يتلهف إلى البيت ووقت اللقى. حين تلتقي الأعين وتهتف الأفواه وتلتطم الأجساد في أحضان يغمرها الشوق والفرح.

أتذكر تلك الأيام؟ أيام ما كنت تشتاق العودة. تشتاق لدفء المنزل. تشتاق لدفء الأحضان. تشتاق لعينيّ زوجك وعناق ابنك الحبيب.. تلك العيون النقية.. والنظرات البريئة العاشقة.

ولكن لماذا لم ترَ هذا؟ لماذا لم تلتقِ به؟ لماذا صار الحلم هشيماً تذروه الرياح.. وتتنفس به الذكريات.

ما أضنى الإشاعات حين تتنكر كحقائق..!

نازعته الشكوك في أمر زوجه. وترامت إليه الأنباء عن لقاءات خفية وطلعات مجهول. أتخدعه زوجه بعد كل هذا؟ ألراحة من كان يكد إذن؟ ألمن كان يتيه في الغربة ليحيا هو في الأنس؟ أكان يعبث؟ أكان يذرف الألم والساعات المرة لِيُخان؟ أهكذا يا زوجي؟ أهكذا يا حبي؟

راح القال وذاع القيل.. وما شاع قد ثبت وما ثبت قد شاع. وها هو اليوم يُخان..! في البدء لم يصدق.. حاول نبذ الشكوك وتجاهل الاقاويل.. نازعته في الشك نفسه وتقاسم الحيرة معها في ثبات وتأني. حتى رأى.. ويا ليته لم يرَ.

جالسة هناك والغريب أمامها.. ولا يفصلهما عن بعض سوى منضدة يعلوها كوبان. أحقيقة هذه؟ حقيقة ولا مراء فيها. ها هو الجسد الحبيب يُسقى العصير.. تاركاً إياه يتساقى بالألم والعذاب.

حاول تكذيب عينيه.. ولكن الدليل ينهي المرافعة.. لا تكذيب ولا تصديق.. لا دفاع ولا محلفين.. ولا مراد من أمر القضاء. وقد حكم القاضي وأمر بالانتقام.

لا تلين اللادن إلا مع الضغطة... وها هي الضغطة وقد أطلقته. كفر الليل بظلامه.. وكفر الحبيب بحبيبه.. ولم يبقَ من الحب سوى الخيبات. لا يعصم العقل عن الرغبة سوى الرغبة. إذا أراد نفذ.. وإذا أعرض اعتصم.

آفة العقل الهوى.. وآفة الحياة الخيانة..!

وما آفتي سوى الشك.. ودون الشك لما تأكدت.

إذن فالصلاح في الآفة.. وفي الآفة الصلاح.

أتراك تنسى؟ لعلك تنسى...!

تمخض الليل عن النهار.. وكان آخر الليل قرار وأول النهار تنفيذ. بين الغيرة والشك شعرة. وبين الحب والراحة فدان.

غابت الشمس كالهاربة وراء السحب الكثيفة.. وكأنما تخشى ما ترى. تخشى ما يعتمر من هول في داخل تلك الظلمات. المليئة بالأشواك المتشابكة والنيران الجامحة. تلك النفس الواهمة الموهومة.

وكان منه أول ما رآها أن اختبأ خلف إحدى العربات.. انتظر حتى تدور مع العطفة وتخوض في الزقاق الذي يلوي التنفيذ فيه. يشعر بالاضطراب مع كل خطوة تقرّبه من اللقى. العرق يبلل قذاله.. وينسدل عبر سلسلة ظهره نقطة.. نقطة. ارتعش السكين في يده.

أتعوزك الحاجة عند الحاجة؟ أتخاف الآن وأنت عند المفترق؟ أتتساءل من أين المفر؟ اذهب فالطريق بلا عودة.. ومن يذهب لا يعود ابداً.

سقطت الثانية من عبّ الزمان وصار التقاطها مستحيلاً.

اعترض طريقها وحدق نظراته بين عينيها. كشفت أول ما كشفت عن بسمة لا يعتريها الخوف ولا يشوبها الندم.

امتدت الثانية حتى صارت أبدية.. لا مأوى للذاهب ولا رجعة للعائد.

أغمد السكين وكان من لحظتها أن اعترته الرجفة. اهتزت البسمة أول ما اهتزت.. قبل أن يعقبها اهتزازات ورجفات لا حد لها. تجمدت قبضته على السكين وكأنما تلك اليد قد قُدت من حجر.

أما هي فما كان منها سوى أن تهاوت.. وبين النظرات جحف الشوق وبرزت الحيرة. ولا يخرج من العينين سوى سؤال واحد: لماذا؟ لماذا؟ لماذا؟

همد الجسد على الأرض. وهمدت معه حماسته. غمره هدوء غريب لم يعهده من قبل.

ما نتيجة كوي النار بالنار؟

انتشل حقيبتها من على الأرض وجعل ينقب هنا وهناك. حتى احتوت يده عل شئ مستطيل.. يطوى إذا شد ويرتخي إذا ترك. سحبه وأدرك ماهيته.. رفع الكارت أمام ناظريه وقرأ بصوتٍ عالٍ:

د. وحيد دياب.. استشاري الأمراض النفسية.

قلب الكارت في يده ورأى الصورة المطبوعة عليه من الخلف.. صورة الرجل الغريب الذي رآه البارحة.

ألقى بالكارت بعيداً واسند ظهره إلى العربة وهو يغالب نفسه عن الضحك.. أخرج من جيبه علبة السجائر وأشعل واحدة.. وطفق يفكر بينما الدخان يغمر رئتيه.

أتراك تنسى.. لعلك تنسى؟

وظل واقفاً هكذا ينتظر سماع السارينة، بلا مبالاة.. بلا مبالاة.. بلا مبالاة..

تحت الأنقاض

يا الله

تتصاعد بين أعمدة الدخان

يا الله

سمعتها رغم ثقل الصخرة الجاثم فوقي، ميزتها من بين الصرخات المتناحرة ..

يا الله

مرت ثوان، دقائق، ساعات ولا زلت مردومًا تحت الأنقاض،

والضوضاء قد خف ضجيجها من حولي.. لطالما كنت أخاف الوحدة، لكن أين أهلي؟ أصرخ وأصرخ، لكن حلقي جاف، والصوت لا يكاد يصدر.. سمعتُ وقع أقدام قربي تتهادى، يارب.. خرجت مني استغاثة، كنداء واستجداء. شعرت بالثقل الخانق يخف عني، ونور خافت يخاطب أعيني، وذلك الألم الحاد يدق في رأسي.. تناهى إلى مسمعي صوتٌ خافت، رقيقٌ هامس يناديني، يحثني أن أنهض.. فنظرت مُحدثي، طفلة كانت، تحمل دميتها الصغيرة، دمية مُشوهة، لا يكاد يبدو منها ملمحًا يُميزها.. على الوقوف أعانتني، رغم ضآلة حجمها أعانتني.. سائلة: "أبخير أنت؟".. صرخت أطرافي بالرضوض التي تمزقها ..

ولكني همست:" بخير" صاحت: "إني أبحث عن أخي "

ثم صاحت: "أين أهلك؟".. فتذكرت: أين أهلي؟

مشينا سويًا، كلٌّ يبحث عن دمه.. وكفها الرقيق يعانق كفي المرتعش ..

شعرت بقلبي يخف وجيبه، والألم ينغرس بين عنقي وكتفي، فوقفت، وعلى صخرة ضخمة اقتعدت.. أعب من الهواء ما استطعت، وبجانبي جلست الصغيرة تراقبني، فطبطبت على كتفي بحنو، تبسَّمت لها فابتسمت.. وسألتها: "أين كنتِ وماذا حدث؟".. احتضنت دميتها واحنت رقبتها

وقالت والذكرى تتألق كالنار في مقلتيها :

"كنت في حضن أمي، وأخي على كتفها مستند تحكي لنا قصة الثعلب والخرفان الثلاثة، أأحكيها لك؟ "

اومأت بفضول، فأردفت: "في يومٍ من الايام كان الثعلب جائعًا جدًا، وقد راودته فكرة شريرة، فقد عَرِف أن الراعي ترك خرفانه الثلاثة لرحلة قصيرة، وطلب منهم أن ينتبهوا لبعضهم ولا يتفرقوا، فإذا تفرقوا ضعفوا وأصابهم الأذى

ومرت الأيام، ونسوا نصيحة الراعي الذي طال غيابه، وصار لكل منهم مجلسه وحده.. فذهب الثعلب وهجم على صغيرهم.. ففزع أخويه، وحارا فيما يفعلان، اقترح أكبرهم أن يتفاوضا مع الثعلب، فيلتهم قدمه فقط ويترك منه الجسد.. اتفقا مع الثعلب، ولكن مرت الأيام، وعاد مجددًا وانقض عليه، فغضبا الأخوين وهجما على الثعلب.. فخاف وهرع لتكاثرهم عليه، ولكنه لم يستسلم، وعاد مجددًا ومعه ثعلب ضخم وقوي، فخاف الخرفان وقررا أن يتفقا مع الثعلب على حل.. سيعطونه ذيل أخيهم، ولكن سيقطع وعدًا بألا يهجم مجددًا.. ويتعايش جميعهم في سلام .

ومرت الأيام، ونكس الثعلب وعده، فعاد وهجم على المسكين، فضربه الخروف الصغير، تعجب الثعلب!، وانزعج وغضب، فحشد أهل الغابة.. وصاح لهم واشتكى من ضرب الصغير له..

فاستنكروا فعلته، وأدانوا الخرفان بالجرم الأكبر.. فاستغل الثعلب الحال، وانقضّ على الصغير بمعونة صديقه الأكبر.. وشرع يلتهمه بهدوء تحت أعين الحيوانات.. فوقف الخروفان، وصرخا يناديان الراعي، فلم يجبهما سوى الصمت، وصدى صوتهما المرتعش الجبان.

انتهت القصة، ما رأيك؟"

صحت بها: "ولكنها مخيفة، كيف حكتها لكِ أمك؟ "

أجابت: نعم أعلم، ولكن لا ألوم عليها، فهي أيضًا كانت خائفة .

ثم ماذا حدث؟ سألتها .

"نام أخي في نصف الحكاية، أما انا فأكملتها للنهاية، وما كادت أمي تقبلني كي أنام حتى سمعت ضجة قوية قريبة تألمت لها أذني، وشعرت بأن العالم يهتز من حولي. وفجأة انهار كل شيء، وغرقنا في الظلام."

صمتت لحظة لتبتلع ريقها ثم أكملت :

ولما أفقت وجدتني كما أنا في حضن أمي.. ولكن رأسها كان في موضعٍ بعيدٍ عنها. ففزعت ورحت أبكي، بحثتُ عن أخي في الظلام، لم أجده فقط وجدت دميتي، وها انا الآن، ولكني سأكمل البحث عنه".

ربطتُ على ظهرها، فعانقتني.. قبلتُ وجنتها، كانت بطعم التراب والدم ..

فسألتني وهي لازالت في حضني :

"أولئك الذين في الطيارات لِمَ يقصفون بيوتنا؟ هل قمنا بفعلٍ سيء لِمَ ليقتلونّا؟ لِمَ يريدوننا ان نموت؟ "

فهمست في أذنها الصغيرة: "كل ذنبنا أننا خُلِقنا أحرارًا"

"أخي..أخي.."

انفصلت عني وصاحت وهي تقفز بفرح :

"ها هو هناك، تعال تعال ".

فنظرت خلفي، ورأيته يجري تجاه أخته، فاحتضنته وراحت تقبله بوجد حقيقي، حملق فيّ لثوانٍ قبل أن يكشف كفه عمّا يحمله.. كانت وردة صغيرة صفراء، يتعلق في بتلاتها الرقيق بعض قطراتٍ من الدماء ..

تناولتها منه باسمًا، فضحكت عيناه بمودة صافية.. تآبطت أخته ذراعه، ولوحوا لي مودعين ..

ورحت أراقبهم وهم يخطون بين الأنقاض، وأجسادهم الضئيلة تلوح في ضوء الشفق الخافت، بينما أرواحهم قد امتزجت بالنسيم الرقيق، هائمة كالرماد ..

نهضت، عليّ أن أكمل البحث عن اهلي، فعمّا قليل سيحل الظلام.

جثة

على الرصيف الأسفلتي، جثة ملقاة.. على الأديم الخالي، إنسان.. عينان بلا حياة، وجهٌ في لون السحاب، جلبابٌ مهترئ، جسدٌ بارد بلا دماء، رغم عمق الجراح!...

تتخطاه الأقدام المُسرعة، أحدهم يتعثر فيه، يقف ويصرخ ملوحًا بيديه، سكران.. يترنح ثم يسقط جالسًا بجانبه.. يرفع الزجاجة الصغيرة إلى فمه، يزيد من ثمالته.. يخاطب الجثة بلسان ثقيل:

-ما لك نائمٌ هكذا، أليس لديك بيت تنام فيه؟

تمر دقيقة، ثم يردف :

-أنا لدي بيت، حينًا يكون بيتي وحينًا لا يكون، هو الآن ليس ببيتي .

صمت..

-لِمَ تحدق بي هكذا؟، أعلم أن الأمر غريب ولكنها الحقيقة. أنا ثمل، ولكني أنطق عن وعي.. الآن بيتي ليس لي.. زوجتي تضاجع أحدهم بالأعلى، شغل اليوم .

يسعل، يمضغ ريقه، ثم يتابع :

-أرجوك لا ملامة، لقد سئمت النظرات الهازئة المحتقرة. أعلم أني قذر، سكير، فاجر، زنديق.. ولكن ما الحل؟ مطرود من العمل، بحثت وبحثت.. لا سبيل لا فرصة.. ذقت من الفقر والبؤس ما لا يُحتمل.. منبوذ من العائلة، لا قريب التجأ إليه.. وزوجتي مقطوعة من شجرة، ليس لها غيري، وليس لنا إلا ما بين فخذيها.. رأس مالنا الوحيد.. الساعة بمئة والليلة بألف.. أترغب؟ ربما أجد لك ساعة فارغة، نحن في موسم الآن، والحجز مزدحم.. ها، ما قولك؟

لا يلقى ردًا، يتأفف، يقف مستندًا الجثة، ينظر إلى ساعته ثم يقول :

-هكذا إذن؟ لا حظ لك، زوجتي بيضاء جميلة وشهية، ولك أن تتخيل ذلك القد البض المثير وهو يرقص ويتمايل على الطبل والنغم.. كثيرٌ ما سيفوتك، ولكن كما تريد.. سأذهب أنا الآن لعل الزبون قد فرغ.. أستودعك الله !

خطا بتثاقل وهو يتجرع ما تبقى من الزجاجة، قبل أن تبتلعه الظلمة، ويختفي .

برتابة تمر الساعات، يكاد الجو يتمزق من سخونة الهواء، والجثة تتعفن بلا إبطاء.. تجذب الرائحة كلبًا ضالًا، يتشممه بفضول، يحاذيه.. يرفع قدمه الجرباء ويقضي حاجته قرب رأسه.. يدور حوله مجددًا، ثم يقضم قطعة من فخذه، ويمضي من حيث أتى، باحثًا عن مخبأ يتناول فيه طعامه بهدوء .

ببطء وخفوت، يتسلل الخيط الأسود هاربًا من السماء، تتغير درجات الظلام، يتلون الليل بزرقة الفجر الخافتة.. تدوي المآذن: حي على الصلاة.. صمت.. خطواتٌ بطيئة، يُنار الكشاف أمام الزاوية.. قد قامت الصلاة.. دقائقٌ معدودة، يخرج نفرٌ قليلون، ثلاثة رابعهم إمامهم.. يخطون على الرصيف ثم يتوقفون، يلقون بصرخاتٍ فزعة.. ميت، بشفاهٍ متسعة، قاسية كأنها تسخر منهم، بلا مبالاة ..

يوحدون، يستغفرون، يسقطون في بئرٍ من الحيرة ..

يتساءل كبيرهم: ما العمل؟ ينظرون إلى الإمام، ينظر الإمام إلى الزاوية، يهز رأسه: ليست ملكي، علينا رقابة صارمة، لا يمكنني تحمل المسؤولية.

يتراشقون نظراتًا متوترة، ينظرون الراحة في تضحية أحدهم.. تتحشرج الأنفاس، كلٌّ يتنصل، كلّ خائف، كلّ ينظف حنجرته.. يهبط عليهم الحل في صيحة صغيرهم: نبلغ الشرطة، وهم يتصرفون.

تومئ الرؤوس، وتبرق العيون أخيرًا بالفرج.. يبتعدون مسرعين، لم يبلغ أحدهم الشرطة، ظنًّا أن الآخر فعل ..

في الصباح الباكر، تتمطى الشوارع مستفيقة من نعاسها الثقيل، وتدب الحركة تدريجيًا في الحي العتيق.. يقترب ابن حلال من الجثمان المُهمَل.. تترقق نظراته، يبحث في الجيوب عن أي أوراق تعريفية.. تلتقي يداه بالفراغ .

يصرخ، ينادي بعلو صوته.. يسأل العابرين هل منهم من يعرفه؟ يتجاهلوه.. يتخطوه، لا يسمع سوى الصمت، ولا يلقى من النظرات إلا الهازئة ..

- يا ناس، يا عالم، أما فيكم امرؤ يخاف الله؟

حاله كحال سابقه، لم يعره أحدهم انتباهًا ولم يره أحد، رغم تبدي الشمس ونورها الفاضح في النهار ..

يقترب منه أحدهم، عجوز يتكئ على عصاه.. يصيح به :

- اتركه، ما لك وما له، ألا ترى الرجل فيه ما يكفيه؟!

الحلم المفقود

حالم.. تمشي بين الناس، كالظل الضائع، بلا صاحب.. تجوب الشوارع باحثًا عن شيء ضاع، عن نفسك، عن حقيقة زائفة..

مُسرنم.. عقلك موجود، ولكن وعيك في عالمٍ آخر، في البارحة القريبة كانت تجاورك، يدها الرقيقة تهيم في كفك الضخمة، تناديك بحنوٍ هامس: بابا.

تلتفت، فتتلاقي نظراتك باللاشيء.. الفراغ يحدق فيك، يتأملك.. يضحك من بكائك الصارخ، تدفن رأسك المشوه في مرتبتك البالية.. كما دفنت الجسد الصغير، جسد المستقبل، في بطن التراب ..

المدينة واسعة كبيرة، مدينتك.. مظلمة ومُغرقة في الوحشة، وما أوجع الماضي حين يتجسد أمام ناظريك، على أديمٍ خالٍ، وطريقٌ مُشبع بقطرات الندى.. والحنين، عاطفة كالنار.. يتأوه منها الفؤاد المتصدع النازف، على إثر الصور التي تمر دون ابطاء.. امتدادٌ لخيال أشجاه الخريف، ونسيم رقق من أطرافك المتيبسة.. تسير، وحدك تسير.. وإحساس بالاغتراب يضرب بجذوره إلى أعماقك الدفينة.. كومة حطام متحركة، هيكل ناحل، معدة خاوية، وذهن ضامر متخم بالذكريات والأحلام المتخثرة ..

تدور مع العطفة، تمضي عبر الشارع القصير إلى قلب الحي.. يبدأ الناس في الظهور، أجسادٌ بلا رؤوس، بل قل رؤوس بلا وجوه، بل قل وجوه بلا ملامح، بلا

حياة.. تكاد لا تفرق بين امرئ وآخر، نظرات شاردة، حائرة ضائعة، وعي ليس فيه من الوعي شيء، وكأن حواسهم قد سُلِبَت منهم، يظن أحدهم أنه حي، ولكن بلا روح، إنسان وما هو بالإنسان ..

تمضي عبرهم، تختلط بهم، تصطدم بأجسادهم المتخشبة، وملمس الجلود الميتة، عيون شاخصة أبصارها، إلى أفقٍ مجهول، نظرات لا ترى، وصمتٌ يدوي كالضجيج.. رغم بؤس ما فيك، والألم الذي يمضك ليل نهار، لكنك تتعزى باختلافك عنهم، بإحساسك بالوجود، وبالإدراك والشعور.. تمر من أمام حانوت، يجذبك شيء ما، تعود.. تقف أمام بابه ذو الزجاج المشروخ، يعكس صورتك الشاحبة، يرتجف باطنك، وتشعر بطعم مر ينساب عبر حلقك الجاف.. ترفع عينيك التائهتين، تعصف بك الحيرة كهبة ريح مدمرة.. أيهما أنت؟ من في خيالك؟ أم من يطالعك من وراء الزجاج؟ تحاول الابتسام، فتنعكس مشوهة غريبة يقطعها الشرخ الطويل الأسود.. تفغر فاك على حقيقة صادمة، وتمتلئ مآقيك بالدموع المتزاحمة، التي تجف فور خروجها.. ترفع رأسك وتتساءل: أين ذهبت الشمس؟ الغيوم كثيفة، لا تكاد السماء تبدو من خلفها، والجو باهت خانق، وكأنما استمد لونه من لون السحاب.. تشخص ببصرك إلى الأمام، وتمضي.. لا تدري أين كنت، ولا أين ستكون .. وطيف ابنتك الصغيرة يعابثك، كطعنة سامة، وعذاب لا ينتهي.

تصعد إلى شقتك البائسة، ذلك الحبل الغليظ، تربطه، تصله بالسقف وتتأمله، يتدلى موسعًا فتحته، يتأرجح في استهزاء.. بخطواتٍ ثقيلة، تقترب.. تضيقه حول رقبتك، تضحك.. والهواء الرقيق يداعب أقدامك المتشنجة.

الزقاق الذي كان

وحيد كشجرة.. في أرض جرداء.. تطاير أوراقي.. هائمة مع الرياح.. تحملني في الفضاء.. وتتركني في الخلاء.. أجيئ مع الصمت.. وفي صمت.. كما الموت.. في الحياة.

- ما رأيك؟

- لغتك رائعة.. ولكن عاطفتك طاغية على فكرك.. وهذا يضر بتشبيهاتك كثيراً. هذه الشخصية بالفرنسية تعني Capricieux وتهجيتها C a p r i c i e u x

في الانعكاسات الصغيرة للحياة العريضة يلمع زقاقنا كنقطة فرت من شعاع عاتي الضياء. في الحنين تكمن ذكرى.. وفي الأرض تكمن بذرة.. وفي الصندوق تكمن جوهرة.. وفي الزقاق تكمن حبيبة.

حبيبة.. يا حب يتلظى في عروقي. حبيبة.. يا عذاب يكمن في راحتي. حبيبة.. يا نيران مشبوبة في ذاكرتي.

حب .. بي .. بة. ربع اسمك حب والنصف منه ملكي.. بالباء أصير أنا وبالتاء تصيرين أنتِ. حب .. بي .. بة.

بين قرقعة أصوات الشيشة وطرقعة ورقات الدومينو والطاولة كان حوارهما واضحاً وهو في أوجّه. بينما نظراتهم تجوب على الجالسين وتحللهم بتفنن ودون رحمة. أمين وسليم اسماهما.

ذلك الذي يرتدي القميص الصيفي الأبيض هو أمين، أما سليم فمُرتدٍ بذلته كاملة وطربوشه منتصب عالياً فوق رأسه. رغم حرارة الجو والعرق الذي يغرقه لم يخلعه. وشاربه مهذب في تساوٍ بيّن. ربما يرجع هذا الأمر إلى رغبته الكاملة في التحلي بالانضباط في كل شئ. وهي إحدى الأسباب التي جعلته يهجر أهله ويعيش وحيداً مع نفسه في شقة صغيرة بهذا الزقاق. أما أمين فكان على عكس صاحبه. فلم يكُ الانضباط من شيمه قط ولا يأبه له من الأساس. هو بوهيمي كما يحلو لسليم أن يصفه أحياناً. كان أول تعارفهما في الجامعة منذ ثمان سنوات. سليم طالب في كلية الآداب قسم الأدب الفرنسي. وأمين مُلتحق بقسم الأدب العربي. يجمعهما حب الأدب ويفرقهما حب الانضباط..

ورغم كل السنوات التي تزاملا فيها إلا أن هذه هي المرة الأولى التي يأتي فيها أمين ليزور سليم في مسكنه. وهما الآن يقتعدان مكاناً في القهوة الأثيرة لأهل الزقاق ومكان ضيافتهم الرسمي لكل غريب عابر.

- من هذا الشخص هناك؟

تساءل أمين وهو ينغز صاحبه بإشارة من عينه لأقصى زاوية المقهى.

- إنه الأستاذ مسعد مسعود.. موظف بوزارة الأوقاف يقطن في الدور الثالث بالعمارة التي أسكنها. وهو أعزب رغم تعديه الأربعين.

- يبدو رزينًا.

- ليس الإنسان دائماً بما هو عليه يبدو.

- ماذا يدعوك لهذا القول؟

- إنه يتغذى على الرشوة.. يجلس بالرشوة إفطاره رشوة وعشاءه رشوة.. ربما تجده يمارس الحب

أيضاً بالرشوة.

ضحك أمين لقول صاحبه ورسم وجهه تساؤلات غامضة فأردف صاحبه:

- في يوم من الأيام ذهبت مع صديق لي لقضاء مصلحة ما في الوزارة. وحين قابلته هناك

هلل وبلل وبعث سلامات وأخذ سلامات وأصر على أن يخدمنا أولاً، ولكننا وقفنا في الطابور

عندما بدا الاعتراض على وجوه الواقفين.

وكان كلما أعطاه أحدهم ورقة أو أخذ كنت ألمح أوراق المال وهو يسعى في محاولة غير

مجدية لإخفائها. وكان إذا أدلى أحدهم بطلبه دون أن يدس في يده ورقة ادعى عدم اكتمال

الأوراق أو طلب من السائل أن ينتظر قليلاً أو يصرفه من أجل إحضار شيء ما لا يخص

إتمام أوراقه في شيء.. وعندما جاء دورنا وضع صاحبي له الورقة في كفه وكانت شلئًا فهمس:

سأعتبرها زكاة في سبيل الله.. شكر الله طيبتكم.

أتى أمين على ما في القدح وشرد قليلاً متطلعاً إلى نوافذ المنزل المجابه للقهوة. وسمع صريراً

فالتفت إلى حيث كان. وكان ما كان أن وقع فريسة لوجه بانت ملامحه حين فُتحت دفتا النافذة

كاملة. ولأن مقعده كان في وجه البيت فقد استطاع وتأمل الوجه الذي طالعه من النافذة. فتاة في بياض اللبن وجهها تتخلله حمرة حانية. وشعر وكأن الوجه من بياضه قد أضاء الظلام من حوله. وما كادت الأعين تلتقي حتى نفذت الحمرة متدفقة إلى صفحة وجهها تشوبها بحياءٍ مرهف. وكانت ثوان حتى أُغلقت النافذة من جديد، ولكن بالمزلاج هذه المرة. ولما رأى سليم ما في صاحبه حتى ضحك وقال:

- وكأنك صُعقت

- من هذه؟

- إنها حبيبة بنت نبوية بائعة الجبن.. لا تقل أنها أعجبتك.

- لما سألتك. إنها فاتنة.

- وحلوة كالشهد. لا يمضي يوم إلا وقد تقدم لها عريس من أهل الزقاق أو من خارجه. ولكن كلهم في الغالب من أصحاب المهن الوضيعة فلا تقبل. وكأنها تنتظر ابن وزير أن يأتي ويخطب يدها بنت نبوية.

- كيف تعرف كل هذا؟

- في زقاقنا لا يخفى شيء.

أطبق عليهم الصمت. وطفق أمين يفكر؛ أي لسعة تلك التي أصابته. وكأن صعقة كهربائية قد مرت على جسده خلية خلية. ولما طال الصمت بدأ سليم يستشعر لغطاً في وجوم صاحبه. فآنسه ذلك وارتسمت بسمة واسعة على فيه وهو يقول بصوتٍ عالٍ أتبعه بضحكة صاخبة:

- لا شك أنك قد وقعت في الـ amour..

وبعد قليل أخذ سليم يُصارح صاحبه بأحوال كل الجالسين في المقهى – الذي لم يكن كبيراً بالمناسبة – وكان الجالسون لا يتعدوا أربعة من دونهما. فأشار إلى الأول من جهة اليمين وهو يقول:

- سعيد مصباح.. إنه رجل غير سويّ والزقاق كله يشهد له بذلك، ولكن لا أحد يتكلم عن الأمر أمامه. فإن له أقارب مهمون من رجال الساسة. أذكر أن أحدهم قد هجاه إثر مشاجرة ودعاه بالمخنث. فلم تمر عليه ليلتان حتى اختفى ولم يره أحد بعد ذلك.

رشف من كوب الشاي ثم أردف:

- وهذا الذي بجانبه فهو المعلم حمدان وهو صاحب العطارة الوحيدة في الزقاق.. الجميع يعرف أنه يكتال في الوزن وثمن بضاعته دائماً أغلى الأثمان وضف على ذلك أنه مرشد وعدد الشبان الذي ساهم في إرسالهم إلى السجن لا تستطيع عدهم، إنه لطاغية شرير لعنه الله..

أما الثالث فقد حدثتك عنه. يبقى لنا إذن أبهج رضوان وهو طبيب وقد طُرد من المهنة لإجرائه عملية إجهاض لممثلة مشهورة. إنه لمن النوابغ التي ظلمها غباؤها وجشعها. لقد قضى على نفسه بنفسه.

شاع الصمت بينهما قبل أن يتململ أمين في مجلسه ثم يقف قائلًا:

– لقد تأخر الوقت، سأذهب أنا الآن، آراك غدًا يا مسيو..

تصافحا ثم افترقا.. وفي اليوم التالي وقبل حتى موعد لقائهما كان أمين جالساً في المقهى مُشبعًا بخيالات البارحة التي أرقته طيلة الليل. ذلك الوجه الملائكي الساحر.. تالله ما أحلاه. لم تكن الشمس قد غابت بعد حينما لمح ذلك الطيف يدور مع العطفة ليدخل الزقاق وقد بدا مع اقترابه حدود ملامحه. كانت هي.. وجه النور الذي أرق الفؤاد وخلا العقل ساهداً. في عباءتها السمراء التي بهت لونها وتفكك قماش أهدابها أثر الاحتكاك العنيف بتراب الأرض. تمشي بخيلاء والطريق من تحتها يميد. ممشوقة الطول فارعة الجيد بضة يُسحر مرآها العيون. يتراقص خصرها مع كل خطوة يمينًا ويسارًا. شعرها بلون العسل يغري بالنظر رغم إهماله البيّن. والحجاب الشفاف الذي يعلو رأسها لا يكفي لستر مفرق شعرها حتى. ولكن المُسمى يكفي في عالم لا يسير سوى بالمسميات.

تصادمت النظرات وكان قد أخذ في تأملها درجة قد بلغت من الوقاحة حِماها ولما أدرك أمسك بصره عنوة. فاستصعب عليه الأمر فترك البصر يجوب من جديد. وعندما اقتربت من مدخل

القهوة لمح شبح ابتسامة ينضح على جانب فيها. سحره المشهد وبلغ الأمر به مبلغاً شديداً حتى أنه – ورغم طبعه شديد الحرج – وقف فأثارت وقفته الفجائية الانتباه من حوله. ولكنه لم يأبه وسارع خطاه ليلحق بها. وما أن اقترب منها حتى قال:

– اعذريني يا آنسة.

لم ترد، ولكن غمرت وجهها حمرة تشي بالخجل:

– تسمحي لي بكلمة؟

– كيف تجرؤ على أن توقفني هكذا؟

صوتٌ هذا أم تغريد عصفور؟

– أنا آسف إذا كان أسلوبي قد راعك.. ولكني لم أجد لحديثك من منفذ سوى هذا.

– وماذا تريد مني؟

– إن غرضي لنبيل.

– ليس لدي اليوم بطوله ولا من أخلاقي أن أتحدث إلى رجل غريب لا أعرفه. عن إذنك.

– أرجوكِ أسمعيني.. فقط جملة سأقولها وأرحل.

صمتت فأردف:

– إني لمقابلة الوالد أتوق.

– ربنا يتقبل

- عفواً؟

- أبي متوفٍ وليس لي في الدنيا إلا أمي.

- يسعدني أن أقابلها.

- ومن قال أني موافقة؟

وقبل أن يتفكر رداً كانت قد ذهبت.. وصعدت الدرج مسرعة. اعتراه الخجل وقد شعر بأن العالم كله يحدق فيه الآن. فرجع إلى القهوة وجلس في مكانه. ولم يأبه بالنظرات ولا الندرات التي انهالت عليه. فذهنه كان في دنيا غير الدنيا. لو لم تكن موافقة لما وقفت معك حتى بلغت هذا المبلغ من الحديث. بالتأكيد هي موافقة وليس ما قالته إلا رغبة في إنهاء الموقف المحرج.. هكذا فكر في نفسه. ولكم يتمنى أن يكون ذلك حقاً.

ولما قابل في الليل صاحبه وحكى له ما حدث حتى أخذ يضحك وهو يصيح:

- لقد علمت مسبقاً بما حدث.

- وكيف لك ذلك؟

- ألم أقل لك.. في زقاقنا لا يخفى شيء..

توالت الأيام وتتابعت الملاحقات مرة وراء مرة. وبدأ النقاش يطول أكثر فأكثر حتى انتزع منها موعدًا مع أمها. وسارت الأمور على وجه حسن حتى خطبها. وكانت الخطبة بسيطة وبلا حفل تقريباً.

وفي يوم من الأيام لا يتذكر أحدهم ما كان ولا حتى الوقت. ولكن هناك من يقولون أنه كان بعد الظهر وفريق آخر يقول أنه كان في الليل.. لكن الحدث لم يكُن لينُسى من ذاكرة أهل الزقاق أبداً. كان أمين وسليم جالسين في المقهى وكانت مشاكل واشتباكات عدة قد قامت في ذلك اليوم بين بعض المتظاهرين والجنود الإنجليز. فكانت الميادين والمناطق القريبة تعج بالجنود.

وبينما الصديقين يتناقشان عبرت حبيبة من أمام المقهى فلمحها أمين وتبادلا البسمات. ولم تمر دقيقة حتى طعن صراخ شديد هدوء الزقاق. وتبعت الصرخة صرخات فانتفض كل من في القهوة وخرج مستطلعًا. وكانت حبيبة عند مدخل أحد البيوت بالزقاق وثلاثة من الجنود يحيطون بها ويحاولون انتزاع أغلى ما تملك.. شرفها.

ما كان من أمين سوى أن اهتاج وثار الدم يضرب أوردته في عنف وهياج. فاندفع كالنصل يمزق الهواء وهرع لنجدة خطيبته فاشتبك مع الجنود في صراع حامي. ولم يتدخل أحد من أهل الزقاق فيما يحدث.. وكأن الأمر لا يعنيهم.. وكأنما دُقت أرجلهم بالأوتاد في الأرض أخذوا

يشاهدون بلا رد فعل. ولم تمر دقائق حتى كان أمين قد تحول إلى حطام يتقاذفونه فيما بينهم. وكان يستنجد بصاحبه في محاولات يائسة، وناداه مراتٍ عدة واستغاثه، ولكن كل الجهود قذ ذهبت سُدى ولم يحرك سليم ساكئًا. فلما همد جسد أمين على الأرض حتى أطلق أحد الجنود رصاصة اخترقت رأسه.

وهدأت العاصفة.

حتى حبيبة التي أعياها الصراخ صمتت. وظلت تحدق في جسد خطيبها الميت.. وكأنها ليست من التصديق في شيء.. تكون الحقيقة غريبة عندما نعتاد الوهم. ولكن أي وهم تراه فيما يحدث؟ تساءل سليم في نفسه.

انتهت الموسيقى وصارت الكلمات بلا معنى..

امسك الجنود بحبيبة واغتصبوها بهدوء فوق رأس الميت. وهذه المرة بلا صراخ.. وربما بلا ألم. تفرق الجمع وبقى سليم وحده واقفاً على المشهد لا يبارحه. لقد كان في مقدرته أن يتدخل ويساعد صاحبه. ولكنه نأى عن ذلك وخاف على نفسه مما لا طائل منه. لعله هكذا ظن.. ولعلها الحقيقة.. ولكن ما تفعل الحقيقة في عالم أعمى؟ آه ما أجبنك، وما أجبن زقاقنا.. قُتِل الإنسان ما أكفره.

وحيد كشجرة.

في أرض جرداء.

كما الموت.. في الحياة.

من القاهرة إلى الإسكندرية

الشتاء.. وقت تزخر الرياح بالبرودة العاصفة، وتغزو الشوارع بنفثاتها الهوجاء، تلتحف السماء بالغيوم الكثيفة، وتزين لنا الأرض بقطراتها الضئيلة.. وتحت ظل الغيوم، تصر أقدام الناس على الأراضي المبلولة، ومن قلب بيت يقع في حي العجوزة يخرج رجل في مشية هادئة تتنافى مع ما يعتمر فيه.. في عقده الرابع، ومع ذلك يبدو أكبر.. وكأن هناك ما فوق سنين العمر ثاقله.. طويل القامة مع امتلاء خفيف غير بارز خاصة مع ما يرتديه.. تلفحه البرودة فيزرّ معطفه الطويل على بدلته.. قصير الشعر مرسله إلى الوراء.. عينان سوداوان مُطفأتان تحت حاجبين كثّين.. يمشي في تؤدة متجهًا إلى سيارته المركونة في الصف بالشارع الهادئ.. سيارة "فولس فاجن" تقف رابضة في زهو.. كان ميسورًا حاله، من عائلة أرستقراطية ذات نسب رفيع.. صحفيّ في الجريدة المشهورة (....)، معروفٌ في الأوساط الثقافية، وله تحقيقات صحفية شهيرة في جرائم القتل وفضائح رجال الأعمال.

أدار المحرك وخرج إلى الطريق الرئيسي بلا وعي منه تقريبًا، لم يكن الطريق مزدحمًا، بل على العكس كان فارغًا إلا من بعض الناس، رغم أن الساعة قد تعدت التاسعة صباحًا.. كان الهدوء مُخيمًا على الجو العام للحي.. دكاكين كثيرة مازالت مُغلقة، ربما خوفًا من العاصفة المتوقعة.. ولكنه رغم ذلك ما كان بيده أن ينكص عن النزول.. فهذا هو اليوم الوحيد الذي يتمكن فيه من رؤية ابنته، السبت من كل أسبوع.. وهذا الموعد قد اتفق عليه سلفًا مع زوجته، أو من كانت زوجته! لم يكن قد رأى الفتاة منذ سنة ونصف السنة تقريبًا، منذ أن حدث ما حدث.. لازال وقع ذلك اليوم يراوده كما يراود الليل قدوم النهار، حين تكون تلك هي الليلة الأخيرة للعالم!، يسهده ويظلل فؤاده بحجر ثقيل عليه جاثم، لا خلاص منه.. وكيف منه النزوع وقد أحاطت بأحلامه

كما يقظته! تلك الذكرى المشئومة، التي تمر بألمها وكأنها الأمس، وتخفى لحظ الحنين كأنها انقضت منذ دهور.. حزنٌ عبوره كلحظ ارتداد الطرف، وأثره كالعمى على نظره المطروف، فليصمت.. لا احتجاج له، وليكن عزاؤه الظلام والهدوء، راحمه من ضجيج النور.

بعد نصف ساعة بالتقريب كان قد صعد بسيارته إلى الطريق الصحراوي السريع المؤدي إلى الإسكندرية.. وكان الطريق يلتقي بصحراء جرداء باهتة الصفرة على جانبيه.. انطلق بسرعة متشجعًا بفراغ الطريق والمساحة الشاسعة المُطلقة أمامه.. أغلق النافذة إلا من فرجة ضيقة ليستشعر لذة الهواء البارد المصاحب لاندفاعه.. حانت منه نظرة غير مقصودة إلى جانبه، فتأمل الكرسي الفارغ للحظة ثم أعاد نظره صوب الطريق زافرًا نفسًا عميقًا حز من لوعة في صدره غريبة. سبع أعوام منذ اللقاء الأول، منذ النظرة الأول، وكأنها البارحة.. عن أي بارحة تتحدث؟ بارحة الخيبة أم الضلال؟ غشيه وجوم صادق، وشعر فيما شعر أن السماء قد ادلهمت على ادلهمامها.. وأن الغيوم ازدادت كثافتها، والشمس هناك، ولكنها لا تبدو.

كان يومه الأول في الجريدة حافلًا بالمودة، فقد عامله رئيس الجريدة باحتفاء وهو يقدمه لبقية الزملاء... لم يكن ذلك من عادته، حتى أنهم قد لاحظوا ذلك، ولكنهم لم يُبدوا سوى الابتسامات والترحاب، مجاملةً للرئيس، ولذلك الرجل الذي يبدو عليه أهميته، هو "أحمد المختار"، ابن اللواء الموقر "عبد الجواد المختار"، الذي هو بالمناسبة أخو رئيس الجريدة "محمود المختار" وهذا يفسر سر ذلك الاحتفاء. ومن بين أولئك الزملاء لمع أحدهم بارزًا في عينيه.. شديدة الجمال

كانت، ووقعها على خياله أشد جمالًا.. تصافحا، فمس كفًا رقيقًا أحسه في باطن يده بتلات زهرة أولاها الربيع جُلَّ هباه.. خرج من فيها صوتٌ تردد في أذنه كدندنة خافقة على لحنٍ شجيّ.. "سهام بشير" هذا ما كانت فحواه الدندنة، سهام.. تذوق اسمها على لسانه فاستعذبه.. كانت ملامحها ذات تناسق واتساق، في وجهها لا شيء كبير عن حده ولا صغير.. عينان بنيتان آسرتان زادهما الكُحل تألُّقًا، شفتان مكتنزتان في حدودهما الضيقة، وشعرّ أسود لونه، ناعم ومُسترسل على كتفيها.. لم تكن بالطويلة ولا بالقصيرة، معتدلّ جسدها ومتوازن بين النحافة والامتلاء أسفل قميص وردي وتنورة سوداء.. وأخذ في تأملها إلى درجة أسبلت معها سهام عينيها في حرج وأطرقت بوجهها للأرض، فابتسم.

هدّأً من سرعة العربة وأشعل لفافة تبغ، التقى بعينيه في المرآة فرأى فيما رأى ماضيًا يقبع في أعماق مقلتيه، وسنينًا تلفظ الأيام المستنيمة إلى الحب والدعة. تذكر فيما خطر على باله من ذكريات تلك الأيام الحسنة بأوقاتها البهيجة. كانت الأيام التي عقبت يومه الأول تهفو على قلبه كهفوة النسيم على غصنٍ وليد لم يبرأ بعد من حر الظهيرة.. نظراته لها كانت كنظرات أعمى أبصَر النور لتوه.. وكانت في أحيان تنعم عليه بنظرة خاطفة خجلة، وتشقيه على أخرى.. كان في قرارة نفسه يشعر بمحبة صادقة تنبعث من قلبه وتتوارى خلف عينيه في انتظار النظرة الظافرة لتسبح على محيي المحبوب. ولم تكن سهام في البدء تحيطه إلا بقليل اهتمام، ولكنها لاحظت تلك النظرات الهائمة، التي بعثت فيها بارتباكٍ خفي... لم يكن ذا بأس به، خاصة بعدما

راق لها حديثه وكذلك دعاباته القليلة.. ولكنه لم يكن شخصًا كثير المرح، بل كانت تطغي عليه جديته فأعجبها فيه ذلك. فلم تكن سهام من طبع أولئك الفتيات محبي الهذر والعبث، بل كانت شخصيتها تمتاز بتلك الجدية المُحتشمة ومُكثرة فيها على نحوٍ ما.

وذات يوم وقد كان يذكره بكل تفاصيله، استجمع أحمد شجاعته ودعاها إلى فنجان قهوة بعد العمل بمحل قريب من الجريدة. في البدء فوجئت ولم تُحر عليه ردًا.. وأخذتهما ثوانٍ صامتة امتدت بهما حتى شعر بالحرج، فزاد على قوله بأن الأمر لن يأخذ أكثر من نصف ساعة، فوافقت بإيماءة بسيطة يتخللها الحيرة. ابتسم أحمد وذاب في اللحظة بسعادة، بادلته الابتسامة ثم افترقا على وعدٍ باللقاء.

في حدود الساعة الرابعة كانا قد خرجا من الجريدة، وكان الهواء مائلًا للبرودة، والشمس ترقد خلف سحابة هائمة.. عبرا شارعًا جانبيًا ثم مرقا إلى محل يُدعى تمر حنة، هو عبارة عن مشرب للعصائر والقهوة.. جلسا إلى مائدة صغيرة في زاوية المكان، ولم ينتظرا طويلًا حتى جاء النادل فطلب أحمد فنجانين من القهوة ثم ران بينهما الصمت، أخذ يتطلع إليها بنظرات طويلة متأملة ليست كما النظرات الخاطفة التي يسرقها في الجريدة. تفحص سمرة بشرتها الرائقة وامتزاجها بالعينين اللوزيتين... تعجب، كيف يتأتى ذلك الجمال من طينة البشر! لعل هناك نورًا سماويًا قد مُزج في الصنعة.. تلاقت نظراتهما فارتفع حاجباها استنكارًا لنظراته الكثيفة، ومن رحم الصمت خلق فيها كلمات تتخالط وبسمة صافية:

- ما لك تنظر إليّ هكذا؟

ما لي؟ آه لو أدري لما صار هذا حالي..

- لا أدري.. ولكن ما ألطف بسمتك!

ضحكت ضحكة مكتومة وقد توردت وجنتاها بحمرة خاطفة.. وأخذت منه ضحكتها مأخذًا في قلبه عميقًا، وأمل أن تعينه الإرادة على ترتيب ما يريد قوله. أنزل النادل القهوة أمامهما فأخذ يتطلع إلى سطحها البني سابحًا في أحلام اليقظة. رشفت من القهوة وساءلت نفسها فيما يا ترى سيُحدثها؟ مر عليها خاطر فشوبها بالظن، إلا أنها ركنته إلى حين، رغم حدسها بصحته.

- منذ متى وأنتِ تعملين في الجريدة؟

- سنتين تقريبًا.

- وهل أنتِ سعيدة؟

- أتصدقني إذا قلت لست أدري؟

ابتسم وقال:

- أصدقك في كل الأحوال.

- وأنت.. هل أنت سعيد؟

وكيف لي في القرب منكِ أن تخفى السعادة عني.. إني متمليها في العينين، ولكن أنتِ لا تدري.

باسمًا:

- أتصدقينني إذا قلت لست أدري؟

- أكذبك في كل الأحوال.

ضحكا سويًا، ثم أتى أحمد على ما في قدحه ولا زالت بقايا الضحكة تزين ثغره. شعر بالعاطفة تمور في نفسه.. أيفصح لها بمكنونه أم ينتظر؟ تلقفته الحيرة، وتقلب ذهنه بين الطاولة والخيال. ماذا تقول الآن على صمتي؟ أم تراها تسخر من حيرتي؟ وها النصف ساعة قد آذنت على الانقضاء! هل تململتُ أم يُخيل إليِّ؟ غريبٌ حالي، ما أحوجني أن أكون بلا عقل فأرغب عن التفكير! لسانك في مكانه فانطق، وإلا اقطعه فما حاجتك له وأنت كالأخرس. ناداها، فرفعت له وجهًا متسائلًا..

- سهام، أنا لا أدري ماذا أقول، ولكني منذ اللحظة الأولى التي رأيتك فيها وأنا تعتمر في صدري مشاعرٌ غريبة لست فاهمها، مشاعرٌ تترصد بي كلما رأيتك أو حتى تخيلتك. تهفو على قلبي وتراود خيالي فلا أعيها، سهام إني ...

خفق قلبه خفقانًا شديدًا وشدَه أمام العينين المتلهفتين.. ما أصعب الاعتراف وما أسهل الجريمة.. وخفقات الحب أشق على العاشق من ضربات سكين، وما أشبههم ببعض ولو أن الحب نصله مسموم. ماذا لو رفضت؟ آه.. فلتدفن رأسك في التراب وتصرخ حتى يأتيك الموتى هازئين.

– إني أحبك.. فمذ رأيتكَ وأنا لا أعي من الوجود إلاكِ، وما برحت عنك عينايّ قط، حتى في أحلامي.

أخذت سهام بكلامه مأخذا شديدًا وقع في نفسها تأثيرًا عميقًا، فما كانت تتوقع مثل ذلك حتى وإن كانت قد حدست، فما ظنت أن مشاعره قد تصل إلى تلك الدرجة من الهيام. صمتت سهام ولم تدرِ على أي فعل تأتي، فعالجها أحمد سريعًا بقوله:

– إني لا اتعجل منك ردًا، بل ولا حتى أطلبه.. ولكني آثرت الاعتراف كي أكون واضحًا أمامك، فقد كان الأمر يشق عليّ حتى صار الكتمان عصيًا على قلبي.

ما أرق محياها، وما أوجع نظراتها على صدري المتصدع بالخفقات الوالهة.

رفعت كتفيها وارتسمت الحيرة حول فيها وهي تقول:

- أحمد.. في الحقيقة إني لا أدري ماذا أقول، لقد باغتتني اعترافك شديد المباغتة، إنك إنسانٌ رائع وزميلٌ أوليه كل الاحترام، ولكني حتى الآن لا أعرف بصدق مشاعري نحوك أو نحو الأمر برمته.

صمتت هنيهة، ثم تابعت وهي تضم الفنجان براحتي يديها:

- ولكني أعتقد أن تبعات هذا الكلام لن تكون معي إذا كنت في قولك صادقًا.

لمعت عينا أحمد، وبرق في ذهنه معنى خفق له قلبه، أهو قولٌ باطنه قبول؟ لايزال الظن يلوح في الأفق فلا تأمن.

- بالتأكيد، ولكني احتجت للاعتراف فقط ليطمئن قلبي.. فكيف لي أن أمضي على غير نور.

ضحكت، ثم قامت عن مجلسها مؤذنة بالرحيل.. نظرت في الساعة وهي تهتف:

- يا خبر! الخامسة والنصف.. لقد تأخرت.

دفع الحساب رغم احتجاجها، ثم عرض عليها أن يوصلها لكنها أبت، متعللة بأن منزلها قريب.. ودَّعها أمام المحل ومضى في طريقه شاعرًا بأن قلبه يكاد يحلق شاديًا.. تالله ما أعذب الحب، وما أشقاه!

توالت الأيام، وتوالت اللقاءات، ولا يكاد يمر يوم دون لقاء. صار عادة جميلة محببة للطرفين.

ولم يمر من الوقت الكثير حتى كان قد أقدم على الخطوة الجريئة التي استولت عليه منذ اللقاء الأول. وكان لخطوته تلك دوافع عدة، أبرزها إبعاد الطالبون عن سهام، واتقاء الأعين الفضولية والألسنة التي لا تخرس. أُقيمت الخطبة على يخت نيلي، كانت حفلة بهيجة يشوبها جوّ عائلي حميم، فقد اقتصرت الدعوة على العائلة فقط وبعض الأصدقاء المقربين.

وفي يوم ليس ببعيد موعده عن ليلة الخطبة، ربما أسبوعين. دعاها إلى السينما، كان الفيلم عن الحب والخيانة والموت، بطل يجتر السعادة على شفا الحب، فيسقط في هاوية عميقة بلا قرار. وكانت سهام مستغرقة بكليّتها في الفيلم، أما أحمد فكان يستقي الهيام في عينيها باحثًا عن معنى الحياة، وكفّاهما يتعانقان كعناق بطليّ الفيلم.. ولما رام منها انتباهًا للفيلم أكثر أحنقه ذلك فأوقف مداعباته وأراد أن يسحب يده، ولكنها شدت على أصابعه فشد على راحتها باسمًا. وعقب الفيلم غادرا السينما إلى شوارع وسط البلد، من طلعت حرب إلى ميدان التحرير، ومن التحرير إلى كوبري قصر النيل. وعلى الكوبري وقفا متشابكي الأيدي يتمليا منظر النيل ويصغيا إلى همسات أمواجه. تلتفت إليه عن النيل التفاتة رشيقة فيرنو إلى وجهها الرقيق ويتأمل محياها المتورد وهسيس الموج في أذنيه يعلو. رباه... ما أجمل ألحان النيل! والعينان.. ألا فانظر كيف تُحييك، ما أقدس الموت سبيلهما! نعم يا حبيبتي ابتسمي فتعلق عيناي بذلك الخمر الصافي، وأرشف كأسًا من ذلك الثغر المُسكر.

- عزيزي.. أريد أن أطرح عليك سؤالًا.

قالت وقد تعلقت أهدابها بفيه.

- سلي ما تشائين.

- أنت تحبني أليس كذلك؟

أحبك؟ ما أفقرها عن التعبير! نقطة يا فتاة وما في قلبي محيط.

- بالطبع، لِمه؟

- أنت قليل الكلام كثير التفكير ولا تعبر عمّا في ذهنك بصراحة.. ولطالما ساءلت نفسي في حيرة كيف تراني في خُلدك، وفي المرة الأخيرة حين سألتك شتتّتي ولم تُجب.. والآن ها أنا أسألك للمرة الثانية ما رأيك فيِّ؟ وأريد إجابة شافية لا تحاول خداعي.

رفع عيناه يلاقي النجوم.. غيمة وحيدة سادرة تسبح على أديم السماء، النيل يعكس ذكريات آلاف السنين، ورغم ذلك لا يفضي بالأسرار.. وحار بما يجيب، كيف يقول لها ما يعجز القلب على حديثه أو به الإفصاح..

- سهام.. أنا لست أرى فيكِ شيئًا، ولكني في كل شيء أراكِ.. لا ألمح طيفًا إلا وكنتِ من في بالي أخاله، ولا ألقى ظلًا إلا وكنتِ نوره.. إن البشر ليسوا لي إلا سهام وما دون سهام، والوطن

ليس أرضًا وشخوص، بل سهام وما خلاها خلاء... إني أراكِ في أحلامي قبل يقظتي، وفي يقظتي قبل منامي، وفي منامي لا أصحو إلا وأن ألقاكِ، وإني حتى إن لم ألقاكِ، ألقاكِ... كخاطرة أو كنظرة سادرة. سهام إن أنتِ تخطين فالأرض من تحتك تميد، وإن أنتِ تضحكين فالدنيا من فيكِ تُضيء، وإن أنتِ تعبسين فالنيل مجراهُ يغيض.. في إسبالِ عينيكِ ظلام، وفي ارتداد طرفكِ نعيم.. بسمتك فيضٌ من الأحلام، تُغذي آمالي وتُلقي مآلي أمجاد.. ودمعتكِ كإظلام يُطفئ أضواء النجوم، وألمٍّ يزيد النار لهيبًا.. ومن ثغركِ الكلام ينضح والموسيقى في ثناياه... سهام إني جواركِ لا ذهاب لي، وفي حبكِ لا عقل أملكه.. والبُعد عنكِ وحدة تثقل على صدري، ومن دونك سيتقوّلون عليّ ويأسفون، وسيقولون: لقد كان يومًا عاقلًا، ولكنه انقلب مجنون، مقبعه في المشفى بين المجانين، عنبره العشق، وداؤه اسمه سهام.

وما إن أنهى حديثه حتى أغمض عينيه وأسند بمرفقيه السور يتأمل النيل، ودخلا في نوبة من الصمت. التفت إليها فرأى الدموع على صفحة وجهها تتحدر لترسم على وجنتيها خطوطًا رطبة. مسح عنها دمعها وأخذ وجهها بين كفيه، رمق عينيها المُغرقتين في الدمع والمتلألئتين بوقع ضوء القمر فذاب فيهما وابتسم. وتعانقا فانصهر جسداهما في كيانٍ واحد لا انفصال له، تشمم عطر شعرها الفوّاح الذي هببه النسيم مع ريح النيل، فشعر بأنه قد خُلق من جديد، وأن الحياة الحقيقية تقبع الآن بينهما، وليكن النيل على الخلق شهيدًا.

بدأ أحمد يشعر بالنعاس يتمكن منه، وبظهره يتيبس من الجلوس، فأوقف السيارة عند الاستراحة وترجل منها إلى مشرب بجوار محطة البنزين. خرج منه وبيده كوب القهوة، استند بظهره إلى عربته وأشعل لفافة تبغ ثم أدار الراديو. الشمس لا تكاد تبدو من كثرة الغيوم والسماء تنذر بالويل، لا بد أن العاصفة ستكون شديدة. ومن المذياع تصدح أغنية ذات لحنٍ عذب:

يومك يتداعى، عقلك ينفجر

تجد أن كل كلماتها الطيبة لا تزال قائمة

عندما لم تعد بحاجة إليك

تستيقظ، تختلق

إنها لا تحتاج إليك بعد الآن

ما أمر الأيام! تستمر وتمضي ورغم ذلك لا تنتهي. وفي حيرتك أنت لا تزال، تدور وتدور..

أين ملجأك؟ أين مصيرك.. والعاصفة.. أصرت لا تخاف؟ ولا تزال الأغنية تصدح:

وفي عينيها، أنت ترى اللاشيء

لا علامة على الحب خلف الدموع

تبكي إلى لا أحد

حبّ كان لا بد أن يدوم

لسنين

أنت تريدها، أنت تحتاجها

ولكنك لا تصدقها

عندما تخبرك أن حبها قد مات

أنت تظن أنها تحتاجك

وفي عينيها، اللاشيء..

وفي هدوء انسابت قطرات المطر كخيوط من قلب السماء، مسح وجهه بظاهر كفه وهو لا يدري أدموعه تلك أم دموع السحاب؟ دخل إلى السيارة ثم أدارها وانطلق في جو رمادي امتص لونه من السحاب الغائم، والمسّاحات تعمل على إزاحة الماء المُنساب على الزجاج. والمذياع يردد:

حكايتنا نبيلة ومأساوية

كقناع وجه طاغية

حبيبي، لا تتوقف عن الحكي

فحين نموت

لا يبقى منّا سوى آثارنا

حبيبي، فلترسم الأحلام

كي تعش ذكرانا

ونصير خالدين..

وفي الأفق الممطر ترعد السماء بالذكريات، وتهمس الرياح بالأسرار.. من قلب الظلام ينبعث النور، ومن رحم النور تولد الحياة. ما أشق على الإنسان إلا أن يحيا، وما أيسر عليه إلا أن ينام.. الكلام عسير، ولكن الصمت مؤلم، وإذا صمت الماضي، فمن يتكلم؟

لم يكد العام ينقضي، حتى كان أحمد وسهام قد تزوجا. وفي تلك الشقة بحي العجوزة الراقي استقرا. قضيا أيامًا هنيئة تذوقا فيها أسمى حالات الحب والسعادة، كحلم رائق أو نشوة منبتها السماء. وكانت "حبيبة " هي ثمرة ذلك العشق. "حبيبة المختار" النعمة التي جاد بها القدر عليهما. كان جمال أمها يتمثل في عينيها اللوزيتين وشعرها الأسود الناعم الجميل، رقيقة المحيا والطباع كانت، هادئة جميلة يسر رؤياها قلب المرء. وقد أحبها أحمد حبًا تكاد تتشقق لضخامته السماء والأرض، ولم تكن سهام دون ذلك.

وبحلول عام 1978، أي بعد ثلاثة أعوام من مجيء حبيبة إلى الدنيا، كان قد تغير العديد من الأشياء، كان أكثر المتغيرات معتمرًا في نفس أحمد. كان قد أخذ يعاني من فتورٍ غريب في رغبته، وقد تبين ذلك كثيرًا في المرة الأخيرة حين اختلا وسهام ببعضهما. ولم يكن يعلم على وجه التحديد ما السبب في ذلك.. لم تعد تلك اللذة الخبيثة تراوده كما كانت، أو كما يجب أن تكون! حتى سهام قد حاولت معه كثيرًا، ولكن بلا جدوى. ساءل نفسه عن العلة وأصبح الأمر يشغل ذهنه كلما نزع بنفسه إلى التفكير، واحتلته الحيرة والتساؤلات حتى تضاءل تركيزه في عمله بشكل كبير ومعها ثقته بنفسه. اضطر إلى أخذ إجازة من العمل واستشار وسهام العديد

من الأطباء، ولكن بلا طائل. وكان كلما حاول أن يجتمع بسهام فشل فشلًا ذريعًا. ساء حاله كثيرًا وأعيته العلل وأخذ يبكي كالأطفال متسائلًا عمّا يفعل؟ فاحتضنته سهام مهدئة إياه وطمأنته بأن لكل مشكلة حل، وبالتأكيد هي مجرد فترة قصيرة وستمضي حاملة معها كل سوء. ولكن تلك الفترة لم تنقضٍ، ومرت أربعة أشهر سقيمة وهو على تلك الحال لم يبرأ بعد. حتى جاء اليوم الذي حمل له بشائر النجاة، والعذاب!

كان يومًا حارًا من أيام الصيف، وكان عائدًا من العمل متأخرًا عن موعده بقليل. ولما دخل المصعد وكاد أن يُغلق بابه، جاءه صوتٌ من الفناء يهتف له بالانتظار، فوقف حتى دخل المنادي معه.. كانت امرأة في أول العقد الرابع من العمر، بعباءة سمراء تنطق بتقاسيم جسدها، موشاة من العنق إلى الأهداب بخطوطٍ ذهبية اللون، ذلك العنق الواسع الكاشف عن صدرٍ أبيض لمّاع تتبت من أعلاه رقبة دقيقة خلابة كالمرمر، تكشف عن وجهٍ بدري وعينين دعجاوين يقدحان بشررٍ غريب. والعباءة تصرخ بقدٍ بضٍ مثير.. ارتكز أحمد إلى الزاوية وشرع يتأملها بطرفٍ خفي.. سرت به رعشة غريبة، وشعر بأن المصعد قد تمدد وأحاط بالكون من جنباته، وهو إذ يمد يده فيمسك النجوم دون رادع أو عائق.. وأما ذلك الثدي الكاعب فما أخلق بأن يُعبد في محرابٍ بالسماء. أنظر كيف يتهدهد اللحم الأبيض من عنق العباءة، والعيون الواسعة كيف تلحظ ذهول محياك وتُسبل على لا مبالاة، الثغر يرتفع طرفه ببسمة مائعة، والجيد الرقيق يهتز بنعومة مع وقفة المصعد. ما أجمل المنظور وما أتعس الناظر! ومن

العجب أن خرجت إلى الدور الذي أنت ساكنه! كيف تجاور الشمس ولا يلفحك لهيبها؟ كيف لم ترَ تلك المرأة من قبل؟ لا بد أنها أرملة الجار العجوز الذي مات الأسبوع الماضي، ربما زوجتك تعرفها، ألم تقل أنها ذاهبة لتعزية حرم أستاذ خيري جارنا؟ أنت تنسى كثيرًا هذه الأيام..! وقف قبالة شقته دون حراك، لم يُخرج المفتاح ولم يزح ببصره عنها، وهي تمشي بتؤدة ولا تزال العباءة تصرخ.. فتحت الباب وخطت فوق عتبته ثم حانت منها نظرة خاطفة أشعلت في باطنه نيرانًا متقدة.. لمح شبح ابتسامة يتخاطر على فيها قبل أن تزدردها الشقة من أمامه، وكانت عجيزتها الملمومة هي آخر ما رأى.

قضى ليله من العذاب يحترق، حيث اشتعلت في باطنه جذوة ألفته في أعقاب خيالها رمادًا يُطير هامته صغائر الرياح، ودبت في نفسه رغبة غريبة كانت قد غابت عنه لشهور، تلك الرغبة التي استمالها باكيًا راكعًا فانتبذته نافرة. ها هي الآن تعود متدللة، مصحوبة بالخيالات المثيرة والنهود السامقة.. ناهيك عن العينين السوداوين والشرر وما تقبساه.. نظراتٌ كالعاصفة وبسمة تسجيك بخيطٍ خفي.. وأنت ما أضعفك أمام الثغر الحاد والصدر الأنيق! وتلك الزوجة مع استيقاظك، ألم يتخاطف لهاثك عليها من بين الدموع؟، ما أسهل أن تجيء بها الأهواء! أحلامٌ لذيذة رغم حقارتها، وواقعٌ أليم رغم نقاءه... لماذا دائمًا ما تتعارض السعادة والضمير؟ لماذا يموت أحدهم في سبيل أن يعيش الآخر؟ طريق المتاع دائمًا ما تحفه المخاطر، ولكن من يطلب السعادة لا يخاف الأهوال.. ومن يريد السماء لا يخشى السحاب. وأضحى بالمعبود أن

يدري بعابده، وأن يلمس من نعيمه ما لا يذوقه الكفار، فما قيمة المحراب إذا خلا من المؤمنين؟ وما قيمة الإيمان من دون وعود؟ لا تذرف الدمع وتشكي المُحال، الحل في الدور فقط اخرج إلى الرواق، ومن فوق العتبة أخطو كما خطت العباءة السمراء، وهناك حيث تلقى المعبود فاسجد، وانهل من الإيمان ما يحلو لك، فلا سماوات تعيقك ولا أوهام تتبدى لك.. فقط لا تنسَ حين تفرغ أن تقول آمين.. وغادر المحراب لا كما دخلت، نظيف.

وفي اليوم التالي كانت الأحلام قد نهشت راحته نهشًا، والسهاد أرق بباله حتى أنه من التعب لم يقوَ على مغادرة الفراش إلى العمل. إنه مريضٌ جدًا، هكذا عللت سهام حاله في الهاتف لإدارة الجريدة كي تعتذر عن غيابهما، فبعد أن استيقظت على صوت أنينه جست حرارته فساورها القلق.. ومع الوقت أخذت حرارته تنخفض وتحسنت حاله عمّا كانت عليه، ولمّا اطمأنت سهام إلى ذلك ساعدته للقيام إلى الشرفة كي يستنشق هواءً نقيًا. وقد بدأ الجو تترقق حرارته، إذ كانت الساعة تقارب الخامسة، دخلت سهام لتعد له كوبًا من الليمون، أما هو فأخذ يتأمل هدوء الشارع ويتذكر حاله بتلك الليلة المحمومة. حين مرقت إلى الشارع عباءة سمراء ميّزها لحظ رآها، اتسعت عيناه وأخذ يتابعها وقلبه يضرب في صدره كمطرقة على مسمار هزيل، ومع كل خطوة يشعر باللهيب يتأجج من أعماقه وأن جنبيه يحرقان حشاه فلا سبيل لروحه من الفكاك، والطيف مازال يخطو والأرض تتصدع رغم رقة ضرباته. والعابرون رغم قلتهم فقد تزاحمت أعينهم على اختطاف ما ينجلي من لحمها خلف عباءتها، إذ كشفت الأهداب عن ساقٍ منمقة، أو ضجَر

من ضيق العنق نهدٌ رجراج. وحالما دلفت إلى البيت انتفض أحمد من مكانه، وخرج إلى الصالة فوقف أمام الباب يتابع من عينه السحرية ما سيكشف عنه الرواق، وقبل أن تنقضي الدقيقة لفظ المصعد الأرملة، فخرجت ترفل في عباءتها الخطيرة، وهو يتابعها مسحورًا من خلف العين. وبلا عمد احتكت ركبته في الباب فأصدر صوتًا يشي بتلصصه، رمقت الأرملة الباب فضحكت ومشت الهويني إلى شقتها وهي تراقص عودها بخلاعة عابثة لفظ لها لهائًا مُشتاقًا تكاد حرارته تحرق خشب الباب، ومن ثم اختفت تاركة طيفها يلوح في خياله حتى سقط إعياءً مستندًا الباب بظهره. فوجئت سهام بوقع سقطته فهرعت إليه وأعانته حتى اضطجع على السرير ثم خرجت تاركاه ليرتاح.. غير عالمة بما يجوب في خياله، ولا ما يعانيه باطنه من عذاب.

ورغم مرور الأيام فالسهاد لا يني يتزحزح عن لياليه، يقضي نهاره في الجريدة مُفتعلًا ابتسامة رغم ما يخفيه من شقاء، ويقضي ليلاه بين التواني والإقدام. حتى جاء اليوم الذي ما طالما عابث خياله وظلله بأماني حالمة وصراع شديد.. وفي المكان الذي عرف فيه معبوده أول مرة لاقاه ثانيةً، وأي لقاء! كان عائدًا بعد الدوام، أسرع في الفناء وخطا إلى المصعد قبل أن يُغلق الباب، وباغته في الداخل ما لقى، كان مُعذبه واقفًا يرمقه في جلالٍ وإكبار.. معبودك ذو كبرياء كما ينبغي له أن يكون، وأنت هائمٌ بين الأفلاك، نتيه في تلك العين ذات الحَوَر المهيب، شديد النظرات جميل الوقع أليم الأثر. احسس باطنك فهناك شيء يحترق، وتلك العباءة بما تنوح؟ وقف بجانبها ولم ينز كما فعل من قبل، والقلب يكاد يتفتت والمعبود قاسي، لنظراته عن

المسكين لا ينزع.. معبودك شيطان فلا رحمة في قواميسه، ولا يني يعذبك وأنت مأخوذٌ في العبادة حتى أذنيك.. ومن حولك صمتٌ حدُه ضجيج. المصعد يقف ها هو الدور، أتثني بعد أن جاءتك الريح بما تشتهي؟ أتبتاع بالنعيم رمادًا؟ وشعر بطراوة تهفو بساقه في رقة خلت وقعها نيرانًا، والعباءة ترفل صوب الباب، أعُميت أنت؟ ألم ترى مقصدها؟ ألم تعي معنى النظرة؟ أنت كافر.. فمن يرفس النعيم تطارده اللعنات، وليزدحم ليلك بالسهاد فهو حقك، فما جزاء العصيان إلا الظلام. واندفع كالمجنون يمسكها من كتفيها ويلفها إليه قبل أن يلحق فاها بفيه، ويداه تجوب.. اشتعلت نفسه فأخذ كالظمآن يرتوي من رحيق الشفتين وخمر العيون، واللحم الأبيض يضحك من جوعه الشديد. ومن ثم افترقت الشفاه، وحاز الفراغ من بينهما حيزًا رغم تلاصق الأجساد.

– الليلة في الثامنة، سأنتظرِك.

همس من بين اللهاث، فأومأت بهدوء وعينيها تشعان بريقًا، ما أفقر النجوم قبيل ذاك الضياء! خرجا من المصعد ثم افترقا إلى حين. ولم يكن أحمد قد ضرب ذلك الموعد عبثًا، بل لأن سهام ستزور أمها اليوم ومعها البنت، فتخلو له الشقة كما طاب.

وفي الفراغ الجاثم

تحت ستار الظلام

تُعزف النغمات

ويرقص على أثرها النسيم

وتُولد ألحان الليل الغامضة

من بين همسات العشّاق

وتتعزى النجوم بلمسات القمر

ونفثات الغمام

ومن بعد الثامنة، أخذ العمر يتهادى على وتر الأزمان، الماضي والحاضر والمستقبل قد مُزجوا في الخيال، وفنوا حتى صار الدهر غريبًا عن الحياة، وكيف يمضي الوجود إذا صار مركزه العدم؟ ورغم ذلك تمشي العباءة السمراء، يستقبلها بالأحضان الولهانة بحريرها النضير، والشعر القرنفلي يهب كالهواء نافثًا رياحه الهوجاء في قلب الظلام، العيون العاشقة كيف تهذي مع رقصة الجيد الموشّى بالبياض؟ ألا ما أنقى السماء، وما أنضر الثمرة خلف العباءة السمراء!

وعلى ضربة الباب انتفضا، وسمعا صوتًا يمزق الهواء.. ووقفت سهام قبالة الغرفة مصدومة وقد ضربها الذهول، أفاقت إلى رشدها ثم عادت تطعن الهواء بصواتٍ حاد وهي تخطو إلى الغرفة وتشد الأرملة من شعرها، قذفت أحمد بالمزهرية وهو يهرع من خلفها عاريًا كي يفض يدها عن شعر الباكية.. وقفت أمام الشقة وراحت تولول حتى خرج الجيران من شققهم فزعين، سهام تصرخ بالشتائم بلا توقف، ارتدى أحمد روبًا كي يستر عريه وقد شعر بالخزي من موقفه وحاله، هرعت امرأة من الجيران لتمسك بسهام وتبعدها، وأخرى إلى الأرملة تسترها بغطاءٍ من القماش..

أي سترٍ ذاك وقد زكّمت فضيحتنا الأنوف –صاح الصوت في عقل أحمد ساحبًا في أعقابه صداعًا شديدًا– هرعت الأرملة إلى بيتها ودوى من خلفها صراخ الباب. وأخذت المرأة إلى بيتها سهام وحبيبة التي لم تتوقف عن البكاء غير فاهمة لشيء مما يحدث، أما أحمد فقد شعر بالنظرات تهبط عليه كالرصاص، فتراجع إلى داخل الشقة وقد أحلكّت الدنيا أمام ناظريه، والصداع عن النهش لا يكف، ثم ساد الظلام.

ومن بعد ذلك اليوم أخذت الأمور في السقوط إلى هاوية بلا قرار.. سهام تريد الانفصال وتريد حبيبة، الفتاة صغيرة وما زالت بحاجة إلى أمها ولا يُستحسن أن تعيش الطفلة مع أب خائن. حاول أحمد معها كثيرًا، ورغم تدخل الكبار من الأقربين إلا أن كل المحاولات قد باءت بالفشل. وفي الفترة الأخيرة هجرت سهام مع أمها وابنتها القاهرة وقرروا الانتقال إلى منزل أبيها في الإسكندرية بعدما توفى الرجل بأيام. أما الأرملة فقد غادرت الحي بعد أن ذاعت الأنباء فضيحتها وتناقلتها الألسن وصارت مُضغة بين فُكوك الجيران.. وانتشر بينهم خبر بأنها تقيم علاقات غرامية متعددة في منزلها الجديد... وأحمد رغم مرور الأيام فعلى حاله التعيس ظل باقيًا، ولا زال اللقاء الأخير الذي جمعهما قبل سفر سهام حاضرًا في ذهنه، خاصةً حين قال لها:

- سهام أرجوكِ.. إني نادم، وأشهد من قرارة نفسي أني كنتُ على خطأ، أنا أحبك، لقد كانت مجرد هفوة صدقيني، هفوة لن تتكرر ثانيةً، فلنعد يا سهام، فلتعودي لي ولنعش حاضرنا ونحلم بمستقبل بلا ماضي.

- آسفة، ولكنك قد جعلت من مستقبلنا وهمًا.. ولو كنت تحبني حقًا لما فكرت في أن تخونني، حقيقة أني خُدِعتُ فيك.

صمتت قليلًا قبل أن تردف:

- دعك عني، أنت حتى لم تفكر في ابنتك المسكينة، التي لم تتوقف يومًا عن السؤال عنك ولا أدري بما أجيب، لم أكن لأتوقع أن تكون بمثل هذه الحقارة والأنانية.

وعلى مر الشهور ظل حاله يتردى من سيء إلى أسوأ، عاقر الخمر حتى أدمنه.. أهمل عمله إهمالًا تامًا، لم يعد يخرج من البيت إلا نادرًا، وشوهد ذات مرة نائمًا قرب هضبة المقطم، شبه عارٍ بعد أن ضاجع بغيّ استغلت سكره وسرقت كل ما معه. حاول معه أصدقائه وأهله وزملاء العمل، ولكن بلا فائدة.. أطلق شعره ولحيته حتى صار أشبه بالشريد، بل وحتى من يراه يعتقد أنه منذ زمن ولم يمسسه ماء.. ولم يغير من مظهره سلوكه قليلًا إلا حينما أخبرته أمه أنها تحدثت وسهام وقد وافقت على أن يزور ابنته مرة كل أسبوع.

والبارحة حين هاتفها كي يؤكد موعدهما قبل السفر، فاتحها مجددًا بالموضوع، ولكنها لم ترد..

ورغم صمتها فقد لمع أملٌ أنعش قلبه ببهجة ضئيلة، أملٌ رغم ضآلته أحيا فيه أطلالًا ربما ما كانت لتقوم أبدًا، حيث إنها دائمًا ما كانت تقابل رجاءه بالرفض القاطع، ولكن هذه المرة صمتت! لعلها تفكر..

– سهام إني لمرتجيكِ، فحالي من دونِك آسن ومصيري ما أشد بؤسه، إني أحتاجكِ ومن دونِك أشعر بالضياع، فلا ترديني.. رجاءً.

لاحظ اضطراب تنفسها في الهاتف وذلك النشيج قبيل الزفرات، فأتاه صوتها هامسًا من بين الدموع:

– فلتأتْ لترَ ابنتك أولًا ونترك ذلك الأمر لبعد حين.

وها هو الآن على أعتاب الإسكندرية، مدينة السحر والجمال، نهارها نورٌ ساحر وهواؤها عبقٌ من الجنان.. الإسكندرية، شغف العشّاق وداء المُلهَمين، ندى رقّقه الهيام وحلمٌ رائق في اليقظة قبل المنام.. معزوفة السماء الخالدة، وبوابة الآمال والأحلام.

في حدود الواحدة ظهرًا كان قد وصل إلى العجمي، ركن سيارته في مكانٍ قريب من بيت أهل سهام ثم خطا بالقرب منه، ولكن شعورًا بالضيق داهمه فجأة، فقرر تأجيل الأمر لبعض الوقت، وخرج ليمشي قليلًا على الكورنيش. السماء يُكفنها الغمام، والمطر يشتد ولا يهدأ.. البحر هائج

والأمواج تعبث بجنون. الجو رغم برودته جميل، وما أجمل الإسكندرية في تبديها بالشتاء. شعر برغبة عارمة في أن يخلع حذاءه ويتلمس بباطن قدميه الرمال، ففعل. المطر يشتد، وهو يخطو على الرمال الباردة المُبللة ولا يأبه.. يتأمل البحر وهسيس الرياح يكر أذنيه، ظلالٌ غريبة تتلاعب بين ثنايات الموج، وضوء النهار حاله كحالك حزين.. قطعة من السماء تراوغ السحاب وتبدو، ما أشبهها بالأمل الضاحك بين الحقائق الصادمة. غريبٌ ذلك الأمل وعجيبٌ تبديه!، أهو صحوة على الواقع أم تهاويمٌ تتخلل سبحات اليقظة؟ الدنيا ذبيحة بين يدي واقعها، وحالها كقتيل يضحك من دموع قاتله.. أنت منسٍ أم ملعون؟ أم كلاهما فلا تدري؟ أنت قديم وهذا داؤك، تحيا في الماضي والماضي قد مات. وذلك الغراب الذي يدور في الهواء ما أعلى نعيقه! وكيف يتحدى المطر دون أن يتكسر ريشه؟! والعاصفة رغم شدتها كيف تهدأ؟ هذا العالم مليء بالأعاجيب! ومن بعيد لمح جسدًا غير واضح يخطو ناحيته، ضيَّق عينيه بلا جدوى.. يلوح الطيف أمامه ورغم ذلك لا يبدو منه سوى حدوده، بخطواتٍ واسعة ثابتة يقترب حتى صارت رؤياه واضحة. ضخمٌ شديد المهابة متشحٌ طوله بالسواد وكأنه ظل ضخم ورهيب، الظلام يخفيه من رأسه إلى أخمص قدمه إلا عن فرجة دائرية تكشف عن وجهه، وجهه الغريب الذي لا يبدو منه ملمحًا واضحًا، ما أعجب هيئته! وما أعجب تلك الانقباضة التي أتاها قلبه لدى مرآه! أساريره تخفى وترتسم في آن، والعينان موجودتان وغير موجودتين، فتشعر أنهما يعرضان عنك

وهما يثقباك. ما أثقل ذلك الصمت، صمتٌ عجيبٌ كصاحبه، يكاد ضجيجه يمزقك! ونعيق الغراب يتردد كصدى مكتوم، والموج يتكسر، ولكن بلا صوت.

– من أنت؟

سأل أحمد بتثاقل، ولسانه يتراقص في حلقه كالمصروع.

– أنا الموت.

صوتٌ يشدَه على إثره العقل، وكالرعد هبط على روح أحمد، فغشاه وجومٌ ثقيل وشعر بقلبه يرتعد.. تقدم منه الموت بثبات، فأُسبلت عينا أحمد وترقرقت أهدابهما بالدموع.. سقط على ركبتيه وأمسك برداء الموت يترجاه، ومن بين الدموع تختلط الكلمات بالنشيج والزفرات الحارة، والموت في مكانه ثابت.

– أرجوك، دعني فقط أرى ابنتي ثم خذني كما تريد.

– كلكم تطلبون التأجيل، ولكني لا أترك أحدًا.

أمسك الموت بطرف ردائه ورفع رأسه إلى السماء، فوقف أحمد مسرعًا وهو يصرخ به:

– لماذا أنا؟ لماذا أنا دونًا عن كل الخلق؟

– اعتراضك من عدمه ليس إلا فراغ.. مهما قلت فوقتك قد حان.

استمد من يأسه قوة، فاندفع واقفًا على قدميه وهو يصرخ:

- انتظر، إني أتحداك!

نظر له الموت شزرًا ثم ابتسم بشفتين خافيتين قبل أن يردف أحمد بعزمٍ غريب لا يعرف من أين استمده:

- إنك قاسٍ وبلا رحمة، ولكنك لست جبانًا، وستقبل.

- هل تجرؤ على أن تتحداني؟

- نعم، أتحداك في مبارزة واختر أنت أداتها، إذا فزت أنا تتركني لأرى ابنتي وزوجتي ثم خذني كما تريد، أما إذا فزت أنت فلا مساومة.

- وكيف يتأتى لك أن تهزم الموت؟

- ليس أمامي غير المحاولة.

- ولكنك تعلم أنه لا نجاة لمن يراني، ألا تخاف؟

- لا يحق الخوف لمن يرقب المجهول.

أومأ الموت، ثم أرخى يده عن ردائه، أشار لأحمد قبل ان يبتعد عنه بخطواتٍ قليلة، سقط سيفان وكأنما انشقت عنهما السماء، فأحدثا دويًا مكتومًا إثر اصطدامهما بالرمال. شد الموت

سيفًا منهما إلى يده وكأنما جاذبه بخيطٍ خفي، وأمسك أحمد بالآخر في إحباط، فهو لم يكن خبيرًا باستخدامه، ولكنه رغم ذلك لم ينس أُسُس استعماله، حين أرسله أبوه ليتعلمه بنادي السلاح وهو صغير. وعلى صوت تضارب الأمواج ارتطمت السيوف مُحدثة دويًا قويًا، والمطر ينهمر بلا كلل، وأما نعيق الغراب فلا يهدأ.

– رباه.. ما أشد العاصفة اليوم. – قالت سهام وهي توارب مصرعي النافذة – وعلى الأريكة بجانبها تجلس حبيبة في وداعة وهي تداعب ظهر قطتها الصغيرة. نادت أم سهام العجوز على ابنتها من الغرفة الأخيرة فقامت إليها وهي تتساءل كيف سيأتي أحمد في ذلك الجو. استغلت الصغيرة ذهاب أمها ففتحت النافذة وراحت تتأمل السماء والمطر، لمحت شيئًا أسود اللون يعبر من بين الأمطار، فضيقت عينيها ولمحت غرابًا يطير، رفعت قطتها إلى فيها فقبلتها ثم اعتدلت جالسة لتكمل مداعباتها.

سقط السيف من يده وكاد الموت أن يصيبه، فتفاداه بحركة رشيقة وأعاد السيف إلى كفه مجددًا. مسح الماء عن عينيه وأمسك بالمقبض بكلتا يديه ثم اندفع مهرولًا ووجه ضربة أفقية إلى جنب الموت، فصدها الأخير بسيفه بلا جهد يُذكر، ودفع أحمد عنه دفعة قوية إلى الخلف. توقف الاثنان وأخذا يدوران حول بعضهما في حلقاتٍ وهمية. الرياح تعبث برداء الموت، البحر مجنون والشمس ترمق الحدث من خلف السحاب. نظر أحمد صوب الطريق فرأى أناسًا يقفون بحذاء

سور الكورنيش ويرمقونه في عجبٍ واندهاش، لم يأبه بذلك وعاد يصب تركيزه على مبارزته الحامية.

المطبعة تعمل والآلات تدور.. انظروا إلى الحدث في الصفحة الأولى.. لماذا تغيب أحمد المختار عن عمله اليوم؟ مجنونٌ يقارع الهواء بالهواء.. أهلًا بكم أعزاءي المشاهدين والمشاهدات.. أمي، أليست تلك عربة أحمد؟ شط الإسكندرية يشهد على حالة عجيبة وسط اندهاش المواطنون.. ماما، ألن يجيء بابا اليوم؟ نعيق غراب.. حبٌ كان لابد أن يدوم.. ضحكات، سخرية، دموع.. رداء ناصع البياض.. لا علامة على الحب.. السيوف.. ألن يجيء بابا؟ فلنرسم الأحلام.. يدور ويدور.. كي تعش ذكرانا.. نبيلة ومأساوية.. ونصير خالدين.

وتأبى الذكريات السكون

شعر بالاختناق يقبض على رقبته، الغرفة مكتظة بالحرارة رغم برودة الجو في الخارج، قام عن مجلسه ومشى بتؤدة نحو النافذة.. رفع الزجاج بقوة فأنعشه الهواء البارد وشرع يتنفس ملئ رئتيه. لاحت له الحديقة في حلكة الليل كظل ضخم شديد السواد، لا تكاد الأنوار الخفيضة من حولها أن تضيء بعض أجزائها.. تتوسطها نخلة سامقة الجذع تكاد الريح الشديدة أن تقلع عنها سعوفها. الشوارع فارغة تمامًا والحي الهادئ يكاد ينطق بالسكون.. شعر على ساعديه برذاذٍ خفيف لقطراتٍ من المطر المتساقط وقد ألقت بها على ساعديه الرياح، إنذار لاقتراب انهمار غزير. خُيِّل إليه أن طيفًا مر عبر الحديقة.. "لا شك أن من سيزورك اليوم لهو مريضٌ بحق". قال في نفسه.

ضربته موجة من الهواء الزاخرة بالمياه فانتفض وارتعش لها بدنه، أغلق النافذة مخافة أن يُصاب بالبرد، سمع طرقة خفيفة فالتفت ليجد مساعدته واقفة أمام الباب قبل أن تقول:

- دكتور وحيد هناك مريض في غرفة الانتظار، أأدخله؟

اومأ صامتًا ثم تحرك عن النافذة إلى المكتب، وقبل أن يجلس نظر إلى النتيجة المعلقة على الحائط فوجد الورقة بتاريخ البارحة " 2 يناير 2026".. نزعها ثم عاد إلى مكتبه أعاد تنظيف نظارته وعدَّل من وضع ياقة قميصه، ثم مسخ على شفتيه ابتسامة عريضة ملئ وجهه ليستقبل بها مريضه القادم.

انفتح الباب بهدوء ودلف عبره رجل نحيف فارع القامة، مُدثَّر بالسواد حتى ليظنه المرء ظل أسود طويل لولا رأسه المطل من عنق معطفه الداكن.. ذقنه سوداء كثيفه وشعره مشعث كث.. اقترب بهدوء حتى جلس مقابل الطبيب، متجاهلًا يده الممدودة للسلام.. جفناه مثقلان بنعاس خفيف، يرسل من تحتهما نظراتٍ مُثلجة باللامبالاة.. تقاطيع وجهه حادة لا يطيق الناظر إليها تحديقًا يزيد عن ثانيتين.. لم يبالِ الطبيب بيده التي عانقت الفراغ، كان قد اعتاد على مثل هذه التصرفات.. حياه ببسمة متوددة ثم بسط يديه على ذراعي المقعد قائلًا في هدوء:

- هلّا شرفتني باسمك؟

مرت ثوانٍ والمريض لم يُجِب، فأردف الطبيب قائلًا:

- الجو في الخارج بارد جدًا، أتريد مشروبًا دافئًا؟

لم يحرك عنه عينيه، بل لم تختلج ولو عضلة واحدة في وجهه، وكأنه ما سمعه..

شبك الطبيب أصابع كفيه ببعضهما مُسندًا على المكتب ساعديه.. وتمتم ولازالت البسمة وقد خفَّت تزين فيه:

- حسنًا إذن.. كيف يمكنني مساعدتك؟

- بأن تصمت

فاجأته الإجابة، أو بالأحرى ليست الإجابة في حد ذاتها، فكثيرًا ما لاقى كلامًا عنيفًا من مرضاه، ولكن ما هزه حقًا هي تلك النبرة القاسية التي لونت إجابته، وصوت يشبه الرعد في

قوته وعمقه.. وتركت رواسب تلك المفاجأة مرارة في فمه، وانزعاج حانق في نفسه.. فكيف لمريض لم يقل سوى كلمتين أن يترك ذلك الأثر في نفسه، وهو الطبيب العارف ببواطن النفس وخوافيها!

جثم الصمت عليهما لدقائق، صمتٌ ثقيل لزج لا يخرقه سوى أصوات المطر المنهمر والرياح الزاعقة بالخارج.. هذا المريض ليس طبيعيًا، قال في نفسه.. ولاحظ الطبيب استغراقه في الشرود، ففتح فاه لينطق بشيء ما، ولكن المريض كتمه بكفه، وقال بلهجة جافة قاسية وكأنها صادرة من أعماق بعيدة:

– أريد منك أن تخرس، فقد آن لي أن أتكلم الآن.

***

كانت الساعة الفارعة تقف متألقة بكبرياء، تغتسل أحجارها السميكة بأشعة الشمس الساطعة.. صوت رنينها المتقطع يدوي في أرجاء المكان، وعقربها الضخم يشير إلى تمام الساعة الرابعة.. تأملها وهو يخطو خارج المبنى والضوء المنعكس منها يضرب في عينيه.. انتزعه نداؤها من حلم اليقظة الذي أخذه، التفت فوجدها تهرول ناحيته بخطواتٍ متسارعة.. فانتظرها حتى وقفت أمامه لاهثة تلتقط أنفاسها، ابتسم لها فبادلته الابتسام.

– قطعت نفسي، لم كل هذه السرعة، أنت في الجامعة أم الماراثون؟

– لا ذنب لي أن قدميك قصيرتان..

ضحكت وخبطته على كتفه بخفة، أعاد لها الخصلة التي سقطت على وجهها إلى ما خلف أذنيها، وحنا بنظراته على وجهها الرقيق ذي البشرة الخمرية الصافية، وشعرها الكستنائي الذي لونته الشمس بحمرة خافتة.. أحست بثقل نظراته عليها فزادها الارتباك وقالت دون أن ترفع رأسها وببسمة لطيفة تزين طرف ثغرها:

- هلّا مشينا، فليس أمامي اليوم بطوله؟

أومأ وهو يخطو إلى الأمام قائلًا:

- لا تلوميني، فمن يراكِ لا يحتمل أن ينزع عنكِ عيناه.

رمته بنظرة ضاحكة وقد تألقت أساريرها وأحست في أعماقها بتلك النشوة الساحرة التي يثيرها الحب.

- عمّ كانت محاضراتك اليوم؟

- لم أحضر شيئًا، جلست اقرأ في المكتبة.

- ماذا كنت تقرأ؟

- لا شيء بعينه، كنت أبحث عن موضوع ما بين الكتب.

- أي موضوع؟

- أتحقيق هو؟

عقدت يديها فوق صدرها وقالت عابسة:

- الحق عليّ أني أهتم بك، إذا سألتني عن شيء فلن أجبك.

- لا حاجة لي إلى لسانك وعيناكِ خير مجيب.

- لا تظن أنك ستخدعني، كلامك معسول، ولكنك مستتر الشعور، وكأنك تخاف أن يقترب منك أحد أو أن يعرف عنك شيئًا.. ما أشبهك بالظل، حدودك بيّنة، ولكن ما من أحد يدري عمّ تحويه.

- صرتِ تسترسلين في التشبيهات..

- من يدرس شكسبير لا نجاة له من هذا..

- ما يكون قولك لو درستِ شوبنهاور؟

- لا نجاة له من الحياة، لقد عاش كالبوم ومات كالخفاش..

- لا جدال على حدة تشاؤمه، ولكن رغم ذلك فلا يملك القارئ إلا أن ينحني أمام تلك العبقرية الكئيبة، ويدعها تتسرب إلى أعماقه حد التخمة.

- الوطاويط على أشكالها تقع.

تبادلا الضحك بمرح، وظلوا يتناقشون حتى بلغوا من الجامعة بوابتها، فسألها حين خرجا:

- ما نظامك اليوم؟

- ليس بالمعقد، سأراجع ما حضرت حتى السابعة، ثم سأذهب لألتقي بأصدقاء كانت مريم صديقتي قد دعتني إلى مجلسهم منذ ما يقارب النصف سنة، ولكني تعرفتهم قبل أسبوعين حين ذهبت معها إلى حيث يجتمعون، والحق أني قضيت وقتًا ممتعًا.. لِم لا تأتي معي اليوم؟

أجاب دون تفكير:

- لا أريد لشيء أن يقض عليّ عزلتي.

- أي عزلة تلك التي لا تنقطع أبدًا؟ أنت دائمًا لحالك، حتى أنا تتجاهل رسائلي ومكالماتي، صدقني لم يبقَ لي من الصبر الكثير، أنت بارع في استنزافه.

صمتت لتتأمل انعكاس كلامها عليه قبل أن تردف:

- هيّا، من أجلي هذه المرة.. صدقني سيعجبك المكان وكذلك الرفقة، وسأكون أنا معك، أليس هذا بكافٍ؟

أطرق برأسه مفكرًا قبل أن يجيب بنبرة متثاقلة:

- كله يهون من أجل رضاكِ.

ضاحكة بسخرية:

- يا سلام، منذ متى؟ أنت عابث كبير.. على كلٍ سأنتظرك في مقهى (...) بوسط البلد حيث يلتقون.

اوماً لها صامتًا، وقد كانت أفكاره كلها تدور حول العذر الذي سيحاول اختلاقه.. ثم افترقا بعد أن تعلقت عيناهما في عناقٍ حار.

***

قام المريض عن كرسيه واتجه بتؤدة نحو النافذة، بدا للطبيب بقامته وشكله كخيال مآته مفزع، ولاحظه وهو يخرج علبة السجائر من جيبه ويشعل إحداها.. ولمح لمعة ضوت في عينيه، وانهماك كليّ في أفكاره الخاصة.. أخرج الطبيب مفكرته وخط فيها بعجل: " حالة من الشرود المتكرر والمستمر، استغراق في الخيال والذكريات"

تبعه الطبيب ووقف قبالته وهو يسأل:

- ما كان اسمها؟

التفت إليه المريض، وبدا على ملامحه التردد، ولكنه أجاب:

- حنين.. كانت زميلتي بكلية الآداب، تعرفت عليها في المكتبة بالصدفة، كانت هي تدرس علم الاجتماع وأدرس أنا الفلسفة..

- وهل أحببتها بحق؟

لم يجب، ولكن الطبيب لمح ارتعاش أصابعه ومن بينهم اللفافة.. أخذها منه وسحقها في المطفأة، وجه بناظريه إلى عينيّ محدثه وعاوده السؤال، فما كان من المريض إلى أن دمدم باحتقار:

– ليس الحب إلا تجلٍ بائس لشكل من أشكال الغريزة، ولا مقام له بين الحقائق الراسخة والمهمة في حياتنا، فلا أنا أؤمن بالحب ولا يعنيني في شيء، فهو لا معنى له من الأساس.

ابتسم الطبيب بزاوية فمه ثم عاد ليسأله:

– كيف لا معنى له؟

– إن الحب لا يمثل إلا حالة من حالات تبادل المنفعة، قيمة تبادلية بين الطرف والآخر، فلا يحب إلا من كانت به حاجة إلى شيء ما، هو في جوهره إحساس بالنقص وعدم الاكتمال، ودليل قاطع وجازم على الضعف والخنوع، فلو أن كل إنسان استغنى بنفسه عن ذلك، لما كانت بنا حاجة إلى تلك السلعة الرخيصة، وسيكفينا فقط إشباع الغريزة بما هو ضروري وفي الحالات القصوى من الحاجة.

شعر الطبيب بالغثيان من تلك الأفكار، وهو ما يتناقض مع الموقف المحايد الذي يجب عليه اتخاذه مع مرضاه، فأمسك بمفكرته وسكب فيها سريعًا ما جال بخاطره:" تأثير صدمة عاطفية عميقة حدت إلى النكران"..

لاحظ المريض ما اعترى الطبيب من استنكار لرأيه، فصاح ضاحكًا ضحكة صاخبة:

– لا بأس، فقد اعتدت أن أرى الوجوه شاحبة من وقع كلماتي، فالناس دائمًا ما تعشق الكذب وتزدري الحقيقة، فالأوهام تعمل عمل المخدر على خلايا العقل، وتبعث في الدماء نشوة مُنعشة تُغنيهم عن التفكير وعن الواقع.. ومن يكشف لهم الستار ويحاول إنارة ظلامهم المقدس يتهمونه

بالجنون، كما قال نيتشه "أولئك الذين كانوا يرقصون، تم اتهامهم بالجنون من قِبل الذين لم يسمعوا الموسيقى".. والموسيقى هنا هي الحقيقة، وأنتم تصمّون عنها آذانكم، وتصرون على ذلك أيّما إصرار. لكم أكرهكم وأحتقركم وأنظر لكم من عِلّ، بل حتى أبصق عليكم وعلى ضعفكم وتفاهتكم الحقيرة.. "إنكم تنظرون إلى ما فوقكم عندما تتشوقون إلى الاعتلاء، أما أنا فقد علوت حتى أصبحت أتطلع إلى ما تحت أقدامي، فهل فيكم من يمكنه أن يضحك وهو واقف على الذرى.. من يحوم فوق أعالي الجبال يستهزئ بجميع مآسي الحياة ويستهزئ بمسارحها، بل بالحياة نفسها."

صمت لثوانٍ ثم أردف:

– ما أغباكم وما أسهل الإيقاع بكم! شعبنا قد تجذر فيه الجهل حتى صار سمته التخلف، حقيقة أن من يوهم الناس يصير سيدهم، إن الشعوب تقدس أحلامها، ويسكرها الإيمان بهذه الأحلام، حتى لو كانت مستحيلة، فهم لا يفهمون أن الأحلام ليست إلا ضربًا من ضروب الخيال، ولكي يُطابق الحلم الواقع يجب تهذيبه وتشكيله على ما يناسب المكان والمجتمع، وذلك يتطلب من العمل والتضحيات، أكثر مما يتطلب من الشرود والخيال، أن كي تملك الأرواح فعليك أن تقبض على الأحلام، وإذ نظرنا إلى التاريخ فسنجد أن العلّة واحدة ومن أدركها قد حصد.. نحن لا نريد أن نبني المستقبل على الأنقاض، إن تلك الأحلام يجب نسفها، فإن علينا

أن نغير الواقع، والواقع لا يتغير إلا بتدمير الماضي، فذلك الواقع الذي نعيشه يستوجب صدمة قوية مُدمرة يفهم الناس من خلالها حقيقته ويدركون الزيف الذي يحيون فيه..

- لست أفهم، ماذا تقصد؟

- نحن شعب عاش على الماضي حتى صار حاضره أطلالًا، لكي يولد الجديد، فعلى القديم أن يموت.. وكل الشعوب الذين أدركوا ذلك قد انطلقوا وسبقونا، ولا زلنا نحن نحفر قبورنا بأيادينا.. إن السنبلة الحية لا تخرج إلا من الحبَّة الميتة، ولكي يولد المستقبل علينا أن نقتل التاريخ.

***

التفت على هتافها باسمه، كان واقفًا على مدخل المقهى فنظرها جالسة بين مجموعة من الشباب: رجال ونساء لا يتعدون السبعة.. مشى ناحية طاولتهم ولما قاربهم شعر بنظراتهم تتفحصه من رأسه إلى أخمص قدمه، ارتبك قليلًا فما اعتاد إلا على مجالسة نفسه ورفقة الكتب، أحست "حنين" باضطرابه فأجلسته بجانبها ووقفت تعرفهم عليه.. لم يلقِ بالًا ولا تذكر حتى أسمائهم، ولكن أحدهم قد سرق انتباهه، كان يبدو أكبرهم سنًا، ربما في آواخر العشرينات أو في بدايات عقده الرابع، بادي الهدوء وتعتلي ملامحه سيماء الوقار.. ولما وصلت حنين لدوره نادته " دكتور أمير"، ثم زادت: معيد بكلية الآداب جامعة (....) قسم الأدب الفرنسي.

ابتسم بود وقال:

- لا حاجة للرسميات هنا، فقط نادني أمير.

اصطنع ابتسامة ثم ساد الصمت دقائق قصيرة قبل أن يجيء النادل ويأخذ طلباتهم، فلما انصرف قالت إحدى الفتيات – وكانوا ثلاث بحنين –:

– لقد قرأت البارحة رواية سارتر الغثيان، ولكني لم أفهم الفكرة وراء تلك الرواية، إن أفكار سارتر تربكني..

قال أمير وهو يقلب أنظاره على الجالسين:

– هذه الرواية كانت محاولة أولية لنشر فلسفته الوجودية، تقريبًا قد تضمنت هذه الرواية أغلب فلسفة سارتر. لقد عالج فيها نظرته للحرية والمشاكل الناتجة عنها من حيث الالتزام، البطل في الرواية يحاول أن يقف على موقع الإنسان من الوجود، وكيف أنه لا يوجد أي تبرير حقيقي للوجود، ودور الصدفة في ذلك.. وما الفرق بين الوجود العاري للحجر والوجود المتأزم غير المكتمل لذاته هو.. إن رواية الغثيان حقيقة تصيب العقل بالدوار وتثير الغثيان..

رفع الفنجان واحتسى ما فيه حتى الثمالة، أحس بالتغير الساحر التي تحدثه القهوة في شاربها، وفكر في أن يعلق على الكلام فقال:

– في الحقيقة، انا لا أعتبر وجودية سارتر كفلسفة، بل هي أقرب لفكرة في الأخلاق أو مذهب ارتقائي.. أي فلسفة يجب ان يكون لها دعائم وحجج مقاومة للهدم أو قابلة، ولكني أعتقد أن الوجوديين يلقون بأفكارهم كأنها تعاليم مقدسة، بالنسبة لي تظل تلك الفكرة تواجه بؤرة عميقة لا

سد لها.. إذ أن إلحاد سارتر جعل لا مرجعية لأساس فكرته.. وعدم إيمانه بالله ليست عن هوى، بل لإنه يعارض مذهبه..

تساءل أحدهم صائحًا:

- وكيف يكون ذلك؟

- إن جوهر فكر سارتر يقوم على مبدأ الفرق بين وجود الإنسان والأشياء.. لنقل مثلًا أن آلة صنع القهوة هذه موجودة، وكذلك أنا موجود.. ولكن الفرق بيننا أن هذه الآلة كي توجد فقد حدد صانعها الغرض منها ووضع لها على أساسه مثال قائم في ذهنه كي يصنعها على أساسه.. وكذلك حدد القواعد والصفات والخصائص التي ستسمح بإنتاجها وما الغرض الذي ستُصنع لأجله.. فصار هذا الحال سابق على وجودها.. وهذا سيجعلنا نقول أن ماهية هذه الآلة تسبق وجودها المادي.. وهذا عند سارتر هو عكس الإنسان.. يوجد أولًا ثم تُحدد ماهيته.. فهو يُقذف به في العالم، ومن خلال حياته وطابعها وبيئته وخبراته، يصنع طبيعته بنفسه، ويكون في النهاية ما صنعه بذاته..

صمت ليتأمل وقع كلماته عليهم، ثم أردف نشوانًا بانتباههم:

- وما يُعارض مذهب سارتر، أن وجود الله سوف يُحول صورة الإنسان في تصور الخالق إلى مثل صورة الآلة للصانع.. فالخالق ينتج الإنسان على صفات وقواعد معينة.. وعلى ذلك يكون

كل امرئ مجرد تمثيل خاص للنموذج والشكل العام للإنسان.. فتسبق على أثر ذلك ماهيته وجوده..

قال أمير وهو يهز رأسه باستحسان:

- لقد أعجبني عرضك للفكرة، لقد أخبرتنا حنين أنك تدرس الفلسفة أليس كذلك؟

- بلى.

- أمرّ رائع.. دعني أقترح عليك أمرًا، لدينا صفحة على الفيسبوك يتابعها ما يقارب المليون متابع.. ننشر عليها مقالات من شتى المجالات، وكذلك مراجعات للكتب المهمة.. فما رأيك أن تنضم إلينا، وتكون مسئولًا عن الجانب الفلسفي من المقالات؟

غمزته حنين بكتفها وهي تسأله عن رأيه، فنظر إليها حائرًا، وقال موجهًا الكلام إلى أمير:

- أنا لست من ناشطي مواقع التواصل الاجتماعي ولا أهتم كثيرًا بمتابعتها، ولكن سأفكر في الأمر..

أومأ أمير ثم قال:

- حسنًا، هاك رقمي، سجله عندك وسأنتظر ردك عليّ.

قضى معهم قرابة الساعة، ثم غادرهم عائدًا إلى بيته وقد تغلغلت في أعماقه مشاعر مختلفة متضاربة لم يعهدها من قبل، وشعر بأن تلك الرتابة في حياته قد حان وقت كسرها..

فلم ينم تلك الليلة إلا بعد أن راسل أمير وأخبره بأنه سينضم إليهم، وسيخصص جزءًا من وقته لذلك الأمر يوميًا..

مرت الأيام، وتعددت اللقاءات.. فأخذوا في كل تجمع يتبادلون الحديث في نقاشات متنوعة منها الدراسة ومنها الفن والسينما والأدب والحب والحياة والموت، وكل ما جادت به قريحتهم من أفكار.. وقد راقت له وأحب تلك الرفقة التي أخذت تتزايد مع الوقت حتى بلغوا حوالي العشرين، ثم زادت حتى ما عاد يحصيها.. شعر بتقارب فكري وروحي شديد مع هؤلاء الشباب، رغم أنه لم يتوقع ذلك مطلقًا في بادئ الأمر حينما دعته حنين لأول مرة..

وفي اللقاء الأخير غادرهم وحنين باكرًا.. وتمشيا متشابكي الأيدي حتى كورنيش النيل، ورغم قدوم الربيع، ولكن لازال الهواء مُحمَّلًا بذيول الشتاء الباردة. السماء صافية والنجوم تضوي في الأفق. استقرت عيناه على صفحة وجهها، وراح في تأملها حد تورد معه محياها، ففرت بالنيل عن حرارة نظراته.. استنشي العطر الخفيف المتشذّي من بين خصلاتها، وهمس في أذنيها بخفوت:

- ما أدعى بكِ أن تقيمي بين أعطافي، وأن تتخللي كل ذرة في كياني، فتصير روحي هي روحكِ، وروحكِ هي أنا، هي نحن.. فلا أرى من العالم شيءٌ إلا وقد مسه منكِ معنى، فحقيقة، فأدركه.

عطفت برأسها نحوه وقد اختلجت شفتاها برعشةٍ خفيفة، فأردف مستسلمًا لإعصار داخلي يعصف به:

- بل ما أشبهك بحلمٍ يُسكِّن يقظتي، ويقظة تصرع أحلامي.

ضاحكة:

- وكيف لي أن أكون ضدان؟

- لا مكان للمنطق هنا، فقط أبصري فؤادي، فتلقين العجب!

قالت فجأة مُغيرة مسار الحديث:

- حدثني عن خططك للمستقبل، شهران وتطرق الامتحانات الأبواب.. ماذا ستفعل بعد التخرج؟

- أتصدقينني لو قلتُ لست أدري؟ حقيقة لم أضع خططًا حتى الآن، ولكني أول دفعتي منذ السنة الأولى، فربما يعينونني بالجامعة، هذا لو لم تُحدث الواسطة قبل ذلك أمرًا.

- وماذا لو خاب أمر التعيين؟ يجدر بك أن تضع ذلك في عين الاعتبار.

– آه لو تعلمين ما في نفسي، فتدركين أنّي أحلم بما هو فوق ذلك بكثير.. في بعض الأحيان أحس بحالي ساكنًا في عالمٍ آخر، دنيا غير الدنيا، تتنازعني فيها أحلامي والتزاماتي، نفسي تتوق إلى الحرية، ولكني أخاف تبعاتها.. كم أتمنى بأن أنزع عني كل قيد وأتجرد من الزمان والقدر.. إني أهرب بالفلسفة من الواقع، أجاهد مع سبينوزا وأتأسى مع شوبنهاور، أسخر مع فولتير وتطعنني رماح نيتشه.. ألوذ بحرية مارسيل وأهرع من مسئولية سارتر.. ولكن ما يعذبني حقًا هو ذلك السؤال.. سؤال أتعثر وأرتطم به كلما قاربته، بل في بعض الأحيان يتمثل لي كالسلك الشائك، الدنو منه يعني الألم والجراح، في لحظة أتأسى من النكران وفي الأخرى أستكين إلى اليقين، إن الشك لصراع مؤلم، والقلق بداخلي نيرانٌ تغلي.. إني أؤمن به وأحس بوجوده في أعماق أعماقي، ولكن المعاناة من حولي تشق عليّ وتجعلني اتساءل لِم كل هذا العذاب رغم كليّة القدرة؟ لِم كل هذه الشرور؟ أوليس في طرفة عين ينتهي كل هذا الصراع؟ آه كم هو مخيفٌ الإدراك يا حنين. وما أجمل وأدعى إلى الراحة أن يكون المرء مجرد نسمة لطيفة تُرقق الخيال المحموم ومن ثم تهنأ بالسكون.

لاحظت حنين تنهداته، وتلك النداوة الخفيفة التي غامت بها عيناه، أمسكت بوجهه ومسحت عنه دمعه وهي تهمس بكلمات مُلاطفة.. وتعانقا فذاب العالم من حولهما.

***

عليك أن تتألم...!

تدق في عقله كالناقوس

عليك أن تتألم..

تدق.. تدق.. تدق

عليك أن..

تتألم!

فلا مناص من الألم لمن تطارده الذكريات..

لما لاحظ الطبيب الوهن الذي اعتراه طلب منه أن يرتاح على الأريكة، فما كان من المريض إلا أن أشاح بكفه.. أخرج لفافة تبغ وأشعلها، ثم قال وهو يعيد النظر عبر النافذة:

– وفي اللقاء التالي لم يدر الكلام إلا حول حدثٍ واحد، حفل نقل المومياوات الذي كانت البلد تستعد له.. لم يلقَ الأمر منّا إلا استياءً شديدًا.. فالدولة تمر بظروف اقتصادية صعبة، بل العالم كله متضرر اقتصاديًا من الوباء الذي لم تغادرنا آثاره المدمرة بعد.. وبالتأكيد ستكون تكلفته باهظة تزيد من الأوجاع الاقتصادية.. فقررنا أن نثير الرأي العام ونعارض ذلك الحفل، ونشرنا عبر الصفحة العديد من المنشورات التي تهاجم الحدث وتشبهه بحفل إسماعيل بقناة السويس.. ولاقى عرضنا تفاعلًا واستحسانًا واسع المدى، وخاصة مقالي الذي أشك أن ما هنالك

حتى ولو مواطن واحد لم يره. ولا زلت حتى الآن أذكره بكامل جمله وتفاصيله... قاطعه الطبيب قائلًا:

- هل لك أن تقوله لي؟

- لا مشكلة، كان مقالًا قصيرًا نصه كالآتي:

إن الماضي تاريخ وهوية، أصل المرء وجذوره، رواسبٌ في الوعي وحملٌ على الذاكرة.. هو مفخرة واعتزاز، ولكن لا نعيش به ولا يرقى بحياة الإنسان، ولا يجب أن نستغني به عن حاضرنا فنهمله.. فالأمة التي يستغرقها ماضيها يدركها النسيان.

نحن من الحال في ذهولٍ شامل، فالمأساة ليست أن الأرض بائرة، بل أن الجهل قد أفسد تربتها، وليس على صاحبها إلا أن يتحمل العواقب.. وما يعزز من هول النكبة أن الإصلاح ليس إلا للأغراض الذاتية، ولا يُنظر له من عدسة المجتمع ولا الإفادة الكلية.. فقد أصبح الوطن كيانًا خاصًا لا يمثل إلا شخوصًا ومنظمات بأعينها، وأغلب الظن أنهم قد تناسوا مهمتهم الأساسية، وأنهم ليسوا إلا انتداب يهدف إلى المصلحة العامة وخدمة الشعب الذي صار في خططهم غرضًا ليس إلا.. وحق الاعتراض قد صار جريمة نكراء يُعاقب عليها الفرد، وكأنه قد خُلق مُسخّرًا لخدمتهم وطاعتهم.. وعلى الفكر ألا يتخطى حدود الجمجمة، وإلا صار كالحلم مدهوسًا تحت الأحذية، يلقى مصيره في زنزانة أو معقل تعذيب.. يا أبناء وطني استفيقوا وانهضوا، فإن الحياة على الأرض التي تتساوى على أديمها الحرية بالعبودية، هي إهانة كبرى للإنسانية.

بعد أن أنهى المقال نظر إلى الطبيب الذي وجده يخط شيئًا في مفكرته، قبل أن يشير إليه بأن يكمل حديثه..

– وثملنا بالنجاح والشهرة الذي أثمرت عنه حملتنا، فقررنا أن نقوم بحملة معارضة شرسة لذلك الحفل.. وسّعنا من مدى تفاعلنا، وزادت المنشورات ومشاركتها على المواقع والبرامج المختلفة.. أقمنا الكثير من الندوات والاجتماعات، وبالطبع لم ننج من المضايقات والمحاولات المتكررة للنيل منّا.. ولكننا قاتلنا وواجهنا التحديات بكل ضراوة.. وكنتيجة لتلك الأحداث، لم يكن هناك أي بد من التطبيق العملي للمعارضة، فأعلنّا بشكل موسّع على أن نقوم بوقفة احتجاجية، وحددنا المكان واليوم والساعة.

صمت لهنيهة مبتلعًا ريقه قبل أن يردف:

ولمّا جاء الموعد فوجئنا بالعدد الرهيب للمواطنين الذين تجمعوا تحت راية المعارضة.. تلك اللحظة مهما مر عليّ من سنين فلم أكن لأنساها قط، حين وقفنا على مقدمة الجمع ورحنا نخطب فيهم.. وكنت أنا أول المتحدثين، شعرتُ حينها بأن قلبي من شدة وجيبه كاد أن يفتت أضلعي، وتكاد حشاي أن تستحيل لهبًا من فرط الحماسة.. أمسكتُ بالميكرفون، وانطلقت في حديثي كالنار وقت تشتعل في الأراضي الخضراء، فيستعصي على الجميع اطفائها.. مسحورًا كنت، مُنتشيًا حد التخمة.. وكان الجمهور ينفعل مع انفعالي، ويصيح بقوة وشراسة مرددًا ما أردده... ما أجمل هذا الشعور، وكأنك قد ارتقيت فوق السماوات، ممتطيًا السحاب وتضوي كالنجوم، مراقبًا ذلك المشهد العظيم من عِل، بل كأنك أنت من تحركه.. كان إجمالًا كالحلم الرائق الجميل الذي تتمنى بأن تغرق فيه إلى الأبد وبلا نهاية.. ولكن فجأة وفي لحظة غادرة

كما يندفع البرق ليحرق موضعًا في الأرض، عمَّ الاضطراب المكان، وتشتت الجمع في كل الاتجاهات، وساد الهرج والصراخ وما عاد في الإمكان تمييز صوتٍ عن صوت.. ورأيتُ أفرادًا من الأمن والقوات الخاصة يندفعون في المكان ويطوقونه، ورأينا من بين الجمع فئة من الناس يضربون من حولهم ويمسكونهم، بل ويوقعونهم أرضًا، واتضح لنا فيما بعض أنهم ضُبَّاط بثياب مدنية تخفُّوا بيننا.. بالطبع لم يكن في حسباننا أن تسير الأمور على هذه الشاكلة، فحِرنا في أمرنا وما عاد أحدنا يدري بأي فعل يقوم.. ومع مرور الوقت تصاعد الأمر وحدثت اشتباكات عنيفة.. هرب من هرب وقبضوا على الغالبية العظمى من جماعتنا، وكان من بينهم أمير، فلم أسمع عنه شيئًا منذ ذلك اليوم..

وصمت قليلًا فحثه الطبيب على الكلام سائله عن حنين.

– أصابتها رصاصة طائشة، فأخذت الدماء تتفجر من موضع بين كتفها ورقبتها، انتابني الذعر وما عدت أنتبه للاحتجاج ولا لأفراد الأمن.. حملتها على كتفي ونفذت من المكان بأعجوبة، ورحت أهرع بها في الشوارع ولا أدري ما أفعله، أبحث عن مستشفى فلا أجد، وأصرخ بالمساعدة فلا يجيبني أحد.. شعرت بها تخبط على كتفي فأرحتها على الرصيف وأسندت ظهرها إلى الحائط.. كانت الدماء قد أغرقت جذعها كله، وخيطٌ رفيع منه ينحدر من فيها على رقبتها.. تراءى لي أنها تريد أن تقول شيئًا، فقرَّبت أذني منها وسمعتها تهمس: "نسمة لطيفة تُرقق الخيال المحموم". ابتسمتُ بِدِعة فاحتضنت يدها وحاولت طمأنتها بكلامٍ لست حتى أذكره.. وفجأة

أحسست بيدها تهمد بين يدي، وسقطت يدها بجانبها وكأن الحياة قد تسربت منها.. وأخذت أصرخ كالمجنون، واختنقت وكأن العالم من حولي قد انكمش فضاق عليّ.. تجمع الناس من خلفي وأخذوا يشدونني عنها، ومع كل محاولة يزداد تشبثي بها، فما كان إلا أن خارت قواي واستطاعوا إبعادي عنها.. وكانت عيناها الزجاجيتين وابتسامتها البريئة الوادعة آخر ما حملته من ذكراها.

جلس على الأريكة وراح يمسح وجهه بكفيه:

– ومنذ ذلك الحين تغيرت كل أفكاري، ما عدت أؤمن بشيء.. كفرتُ بالقيم والفضيلة، لم يعد لمثل هذه الترهات معنى.. إن الأخلاقيات مجرد سفسطة لا ترمي إلى الغاية.. وذلك العالم الذي نحيا فيه لا يعترف إلا بالقوة والتغيير.. وإذا كان هناك ما هو ثابت ومستقر في عالمنا فهو قدرته على التبدل والتغيير، وذلك لا نجنيه إلا إذا فهمنا لا جدوى الماضي وأهمية المستقبل، ولذلك فإن الغاية الحقيقية تكمن في تدمير الماضي والبدء من الصفر، ولكن بخطط وحقائق، لا بأحلام وهمية وحكايات زائفة.. كفانا تمجيدًا للحجارة والأجساد العفنة المتحللة، إن تاريخنا يرمي بثقله على حاضرنا، فلا خلاص منه إلا بنسفه..

– أنت لا تعي ما تقول، فكيف للتدمير أن يُمهد للصلاح؟

- بل إن قولي هو أكثر ما أعي.. في البداية لن يفهم الناس شيئًا، سيجتاحهم الذعر وتسودهم البلبلة والاضطراب، ولكن مع الوقت سيدركون الحقيقة ويدرون ما نرمي إليه، وحين يتحقق ما نريد، ونبني اليوتوبيا التي حلمنا بها، فسأكون أنا نبي العصر، وسيفهمون حينها كيف لذلك العقل العظيم أن يُنجِز لهم نصرًا مثل هذا، وأن تُنشأ الدولة الأشبه بالجنة على الأرض، نصر ما كان ليتحقق لو أنفقوا عليه الدهر كله بمعتقداتهم البالية.. رغم أني حينها لن أكون موجودًا، فالأنبياء يُخلقون شهداء، لكن ما يهمنا فقط هو أن نخطو الخطوة الأولى نحو هدفنا الأسمى، وأن نزيل ذلك الذي يُعيقنا عن المستقبل.. سنمحو التاريخ، وعلى ذلك الدمار سأبني كنيستي.

شعر الطبيب بالرعب يجتاحه، إنه لا يصدق، ولكن ثقته تشيع في نفسه الرعب، فسأله قائلًا:

- وكيف لك أن تقوم بذلك وحدك؟

- ومن قال أنَّي وحدي؟ إن لي مناصرين من كل أرجاء العالم، لقد قضيت الأعوام السالفة من حياتي أعمل وأخطط وأنشر فكري، لم أهدأ يومًا أو أتوقف عن التفكير في هدفي، ولا تتصور عدد الذين أيدوني وكم من التحالفات عقدت.. منظمات وأحزاب إرهابية من خارج البلاد، وعلى أولئك ستكون الضربة الأولى، في غضون دقائق حين تدق الساعة الصفر، ستنطلق العمليات الإرهابية في كل مكان، سنضرب بالصواريخ الأماكن الكبرى كالأهرامات ووادي الملوك، وسنفجر اللهب في المعابد كلها من المتحف القديم إلى الجديد حتى أسوان والأقصر.. ومن ثم

فعلى أبناء وطني أضع حِمل الضربة الأكبر.. أنصاري وأتباعي، وهم كثيرون لا حصر لهم، في كل بيت وفي كل أسرة، كل مؤسسة ومنظمة وجريدة وهيئة في هذه البلد لي بها نصير، الحواريون خاصتي.. ستعم الفوضى وسيسود الخراب، وستنتشر الأكاذيب حتى يستحيل التمييز بينها وبين الحقيقة، ستتجذر الكراهية في النفوس، وستتشوه العواطف والعلاقات الإنسانية ويتفتت كل إحساس بالانتماء إلى أسرة أو وطن أو أصل.. سيتحول المجتمع إلى جدث ضخم، وسينخره الفساد كما ينخر الدود أجساد الموتى.. سيموت الكثيرون، وسيعيش فقط من هو مؤمن بالقضية ومناصر للحقيقة والمستقبل.

نظر المريض إلى الطبيب وهو يضحك ضحكة ساخرة عالية ومجلجلة قبل أن يتابع قائلًا:

- وعند هذه النقطة ستبدأ المرحلة الثانية، المرحلة المصيرية التي يتوقف عليها المستقبل.. سوف يتم تدجين الإنسان وتنميطه، سيتحول إلى مجرد مادة استعمالية لا إرادة لها ولا مشيئة.. يتم إدارتها وفق نظام وآلية مُعدة ومُعممة.. لن يكون هنالك ما يسمى بالهوية أو المعتقدات والمذاهب، كل المطلقات والميتافيزيقا والقيم التقليدية البالية سيتم تقويضها ولن يكون لها إلا الفناء والنسيان.. سنعدل اللغة ونغيرها وفق ما نحتاجه منها، وستقتصر التعبيرات والكلمات المُستخدمة على ما نريد أن يتحدثه الناس ويفكرون به.. سندخل إلى عقولهم ونحولها إلى آلات خاضعة لا قدرة لها على الاستقلال أو التفكير... سنمحو التاريخ من السجلات والكتب كما سنمحوه من ذاكرة الإنسان، وسنغيره لما يتوافق مع حاضرنا ومشيئتنا للمستقبل.. لا توجد حقيقة

إلا ما نقر بأنه حقيقة، ولن يوجد إيمان إلا بما سنحدد وجوب الإيمان به، وهذا في حد ذاته قابل للتغيير، وإذا ما غيرناه فلن يكتشف أحد تغييرنا له، بل سيصدق الجميع بأن هذا هو ما كان وما هو قائم وما يجب أن يكون.. إن الامتثال والولاء المطلق هو درعنا الأساسي، ومعانٍ مثل الحرية والديمقراطية وغيرهما ستكون مفخخة مُتلاعبٌ بها ونلويها كما نريد.. فهي ليست إلا كلمات فارغة من المعاني، قوالبٌ جوفاء سنملأها بالخوف، والطاعة، والذل، والتعذيب.. ورغم ذلك التناقض في القول والمعنى والفعل لكن الناس سيؤمنون به، بل وسيدافعون عنه باستماتة وبقوة شرسة عمياء.. وذلك هو المصير.

صاح الطبيب منتفضًا:

- ما تقوله ليس إلا كلام فارغ.. أنت لا تريد الصلاح، لا تأبه بالمستقبل، ولا حتى تريد التغيير، أنت تريد الانتقام! تريد أن تثأر لفتاتك، لموتها.. أن تقتص ممن قتلوها ودمروا حياتك.. ولكن صدقني ما تفعله لن يُرجِع حنين، ولن يشفي غليلك وما اعتمر في صدرك لسنين.. بل فقط سيُنزِل بالخراب علينا وعلى ما حولنا.. هذا إن كان في كلامك من الصدق شيء.

وعلى حين غرة وقف المريض وأتى من فيه بصوتٍ كالزئير أقرب، وبغضب أخرج من جيب سرواله كارت تخزين صغير، ورماه على الطبيب الذي شحب حتى صار لونه كلون التراب:

- على هذا الكارت ستجد كل الفيديوهات والصور والأدلة التي تدعم قولي، ولكن ما إن تفرغ من تفحصها حتى سيكون الوعد قد حل والوقت قد أزف.

أخرج مُسدسًا من جيب سترته الداخلي، ففزع الطبيب وصرخ يستنجد، فضربه المريض على رأسه بأخمص مسدسه، فسقط على وجهه.. تفحص المريض نبضه بعد أن ظن أنه مات، فأيقن أنه قد أُغشيّ عليه، ذهب فأغلق باب الغرفة بالمفتاح، ومن ثم أمسك بكارت التخزين من على الأرض ووضعه على المكتب.

تمتم يُحادث نفسه:

- ستظهر الحقيقة وسيكتشفونها أيًا كانت الطريقة.. ولكن الأهم من ذلك أن يصل ضوئها للأجيال القادمة فيحيون على نورها المستقبل.

اتجه نحو النافذة ثم رفع الزجاج ووقف على حافتها المُبتلة، ثبَّت المسدس على رأسه جيدًا ثم همس من بين المطر:

- باسمكِ إنما أهدي رسالتي إلى العالم.

وكان آخر ما أحس به نسمة رقيقة لاطفت وجهه المحموم، فابتسم وهو يَذّكر البسمة البريئة الوادعة، وأطلق الرصاص.

الفهرست